Neuer Kuss, neues Glück

Hortense Ullrich

Neuer Kuss, neues Glück

Planet Girl

Dienstag, 8. Juli

»Je mehr ich darüber nachdenke, desto sicherer bin ich mir: Er ist der Richtige!«

»Nein, Jojo, vergiss es. Dieses Grün steht dir einfach nicht.«

»Was?«

»Entschuldige, aber darüber haben wir schon öfter gesprochen. Finde dich damit ab. Du bist kein Mintgrüntyp.« Sie nahm mir den grünen Schal aus der Hand, den ich gedankenverloren vom Wühltisch genommen hatte, und warf ihn wieder zurück.

Okay, klar, damit musste ich rechnen. Meine beste Freundin Lucilla und ich waren im Einkaufszentrum, weil sie meinte, wir müssten unsere T-Shirt-Kollektion erweitern. Und wenn Lucilla T-Shirts aussuchte und anprobierte, dann war es schwer, mit ihr ein Gespräch jenseits der modischen Ins and Outs zu führen. Zumindest musste man es vorher ganz deutlich ansagen. Mein Fehler.

»Ich rede von Sven. Er ist der Richtige.«

»Oh, Gott sei Dank. Und ich dachte schon, ich muss dir diesen Schal ausreden.« An dieser Stelle stutzte Lucilla. »Was hast du gerade gesagt? Ich dachte tatsächlich, ich hätte den Namen Sven gehört.« Sie überlegte kurz, aber bevor ich etwas sagen konnte, schüttelte sie milde lächelnd den Kopf, »Ach was, Blödsinn«, und wandte sich wieder den fliederfarbenen Tops zu.

»Doch, doch, ich *habe* Sven gesagt. Ich weiß jetzt: Sven ist der Richtige. Freund. Für mich. Zusammen. Beziehung. Romantik?«

Irgendeines der Wörter musste zu ihr durchdringen.

Ja, eins schaffte es. Sie legte das fliederfarbene Top wieder ins Regal, drehte sich zu mir und sah mich fragend an. »Du sprichst von dem Sven, von dem du dich getrennt hast, weil du meintest, ihr passt einfach nicht zusammen? Der Sven, von dem du meintest, er versteht dich nicht? Der Sven, der jetzt mit einem anderen Mädchen zusammen ist? Und überhaupt, was hat das alles mit Romantik zu tun?!«

Das waren jetzt eine Menge Fragen. Die letzte ignorierte ich sicherheitshalber. »Ja!«

Viele Fragen – eine Antwort.

»Im Ernst?!«

»Ja, im Ernst. Wir sind füreinander bestimmt. Manchmal muss man ein paar Umwege machen, um das so richtig zu begreifen.«

»Na ja, Sven scheint mit seinem Umweg aber glücklich zu sein«, warf Lucilla zögernd ein.

Ich hasste es, wenn sie meine Metaphern gegen mich benutzte. »Was soll das denn heißen?«

»Wie du dich vielleicht erinnerst, ist Sven jetzt mit Susanne zusammen. Und die beiden scheinen echt glücklich zu sein. Ich meine, sie mögen sich, verstehen sich gut, kein Streit, kein Chaos ...«

Ich sah Lucilla böse an. »Und was willst du damit sagen?«

»Pfffff.« Lucilla hob die Arme und machte eine Geste, die vom Fliegenverscheuchen bis zum Flugzeugeinweisen alles bedeuten konnte.

»Auf welcher Seite stehst du eigentlich?«

»Auf der Seite der Liebe!«, schmetterte mir Lucilla entgegen.

Ja, jetzt waren wir auf einer Wellenlänge! »Dann auf in den Kampf!«, schmetterte ich zurück.

Lucilla kniff die Augen zusammen und fixierte mich. »Nein, Jojo, ich glaube, das hast du missverstanden. Ich halte es für keine gute Idee. Das mit Sven. Und dir.«

»Ach, und warum nicht?«

Lucilla holte tief Luft. »Sieh mal, das ist wie mit dem mintgrünen Schal. Er ist vielleicht wunderbar, aber er passt nicht zu dir, weil du kein Mintgrüntyp bist. Und stell dir vor, er hätte jemanden gefunden, mit dem er echt glücklich ist, jemanden, der nicht versucht, etwas Quietschgelbes zu ihm zu tragen. Wäre es nicht falsch, ihn von dort wieder wegzureißen?«

Mir schwirrte der Kopf. Nichts war schwieriger zu verstehen, als wenn Lucilla versuchte, mithilfe von Bildern Dinge zu erklären. Um sie zu vereinfachen.

»Was willst du damit sagen?« Mein Blick wurde vorsichtshalber etwas finster. Ich wusste zwar nicht genau, was mir Lucilla sagen wollte, aber es klang nicht so, als würde ich es mögen.

»Du und Sven – vergiss es. Der Junge ist glücklich mit seiner Freundin.«

Ja, ich wusste es. Ich würde es nicht mögen. Aber ich war nicht bereit, jetzt schon aufzugeben. Außerdem war ich davon überzeugt, dass ich recht hatte.

»Und wenn er es nicht ist?«

»Was?«

»Glücklich!«

»Jojo, er sieht aber glücklich aus«, seufzte Lucilla.

»Pah! Äußerlichkeiten. Seit wann zählt denn der Schein?«

»Seit ... na ja ...« Lucilla ging wieder dazu über, Flugzeuge einzuweisen. »... seit ... schon immer!?«

»Nun, der Schein trügt! Und das werde ich dir beweisen.« Ich versuchte, so viel Würde wie möglich in die beiden Sätze zu legen. Das wäre mir besser gelungen, wenn ich mich dabei nicht auf einem Stapel Tops aufgestützt hätte. Der Stapel tat, was ein Stapel eben tut, wenn man sich unvermutet auf ihn stützt: Er schwankte und fiel zur Seite.

Eine Verkäuferin schielte zu uns rüber und ihre Kollegin machte sich auf den Weg zu uns.

»Okay, wenn ich mich darauf einlasse, versprichst du mir, dass du dann aufhörst, die Kleider zu schubsen?«, flüsterte mir Lucilla zu.

»Ich habe sie nicht geschubst, die sind schlecht gestapelt«, verteidigte ich mich empört.

»Bitte, Jojo, das hier ist mein Lieblingsladen«, flehte mich Lucilla an.

»Gibt es ein Problem?« Die Verkäuferin hatte uns inzwischen erreicht.

»Nein, nicht im Geringsten.« Lucilla schüttelte heftig den Kopf. »Wir haben nur eine kleine Farbdiskussion.«

»So?« Die Verkäuferin sah uns mit hochgezogenen Augenbrauen an.

»Ja.« Lucilla nickte. »Mintgrün«, sagte sie und sah dann demonstrativ zu mir herüber.

Die Verkäuferin musterte mich. »Definitiv nicht der Typ dazu«, gab sie ihr vernichtendes Urteil ab.

»Genau meine Rede!« Lucilla und die Verkäuferin waren gerade dabei, beste Freundinnen zu werden.

»Also, ich finde, das kann man so pauschal nicht sagen«, schmollte ich.

»Doch, Schätzchen, in deinem Fall schon!« Die Verkäuferin nickte und ging.

Lucilla sah mich bedeutungsvoll an.

»Vielleicht habt ihr mit der Farbe recht, aber was Sven anbelangt, täuschst du dich. Wir passen perfekt zusammen. Ohne mich ist er unglücklich – auch wenn er es vielleicht nicht weiß. Du wirst schon sehen.«

Lucilla warf einen leidenden Blick zu ihrer neuen Freundin, die daraufhin die mintgrünen Schals vom Wühltisch zupfte und in Sicherheit brachte.

Mittwoch, 9. Juli

Ich war mir hundertprozentig sicher, dass Sven nicht glücklich mit seiner Freundin Susanne war. Auch wenn es vielleicht so aussah und mir erst mal keiner glaubte. Aber ich hatte recht. Und das würde ich beweisen.

Leider war mir nur noch nicht klar, wie man so etwas beweisen konnte.

Da ich das alles möglichst schnell angehen wollte – in Svens Interesse, versteht sich –, war ich sogar bereit, mir elterlichen Rat zu holen.

Wie meist fiel meine Wahl auf Oskar. Er ist schon lange mit meiner Mutter zusammen und hat es tatsächlich nach harten Kämpfen geschafft, sie dazu zu überreden, ihn zu heiraten. Das spricht absolut für ihn. Außerdem ist er immer derjenige, der selbst im größten Chaos noch einigermaßen den Überblick und vor allem auch die Nerven behält. Und er kann kochen, im Gegensatz zu meiner Mutter. Also alles in allem ein absoluter Glücksfall für unsere Familie.

Jetzt war Oskar gerade damit beschäftigt, Frühstück für meine nervige kleine Schwester Flippi und mich zu machen. Flippi ist eine Herausforderung des Schicksals. Man stelle sich einfach eine nette, aufmerksame, höfliche kleine Schwester vor, jemand, mit dem man gerne zusammenlebt – Flippi ist das absolute Gegenteil.

Aber selbst mit ihr kommt Oskar prima zurecht.

»Okay, einmal Gummibärchenomelett mit Apfelschnitzen.« Und genau das ließ er aus der Pfanne auf Flippis Teller rutschen.

Flippi beäugte es misstrauisch. Nicht etwa wegen der Gummibärchen, sondern wegen der Apfelschnitze. »Ich glaube, das sind zu viele«, reklamierte sie auch sofort.

»Echt?« Oskar tat überrascht. »Hm, wie wäre es, wenn du dir zum Ausgleich ein paar Cornflakes drüberstreust?«

»Aber die mit Schokogeschmack«, lautete Flippis Gegenforderung.

Oskar dachte kurz nach, dann nickte er. »Einverstanden.«

Die beiden schüttelten sich die Hände, Flippi warf ein paar Schokocornflakes über das Omelett und dann fing sie an zu essen.

Ich schüttelte mich. Dabei war das noch ein eher harmloses Rezept. Sie hatte auch schon Nutellabrot mit Kartoffelchips auf ihre Speisekarte gesetzt oder Hotdogs mit Marshmallows. Das Wichtigste ist bei ihr eigentlich immer der Ekelfaktor. Deshalb liebt und züchtet sie auch Schnecken. Zum Glück hat meine Mutter sich in dieser Hinsicht einmal durchgesetzt und das Schneckenterritorium strikt auf Flippis Zimmer begrenzt. Ich glaube, dafür ist ihr sogar Oskar dankbar.

»Und was möchtest du?« Oskar lächelte mich an.

Ich entschied mich für einen Marmeladentoast.

»Aber mit Apfelschnitzen«, krähte Flippi mit vollem Munde dazwischen.

»Nein. Mit Marmelade«, sagte ich. »Ich esse was Normales.«

»Du isst etwas Langweiliges, Fantasieloses«, korrigierte mich Flippi.

»Wieso kümmerst du dich nicht einfach um deinen Kram?«

»Weil mir die Ernährung meiner großen Schwester am Herzen liegt«, flötete Flippi mit treuem Augenaufschlag und wechselte dann zu einem sehr bestimmten Ton: »Oskar, sie nimmt Apfelschnitze.«

»Oskar!« Ich sah Oskar empört an.

»Jojo, macht's dir was aus?« Oskar sah mich bittend an. »Du isst doch gerne Äpfel.«

Das stimmte sogar, ich wollte mir nur nicht von meiner kleinen Schwester vorschreiben lassen, wann und wo ich welche zu essen hätte. Auf der anderen Seite wollte ich Oskar natürlich auch nicht das Leben schwer machen. »Okay, aber ich habe dann etwas gut«, raunte ich ihm zu.

Er nickte dankbar und fing an, einen Apfel zu schneiden, während er auf den Toast wartete.

Mir fiel wieder mein ursprüngliches Problem ein. »Sag mal, wenn jemand unglücklich ist, wie merkt man das?«, fragte ich Oskar.

»Wie meinst du das?«

»Na ja, also jemand ist unglücklich, aber er sagt nichts. Wie merkt man dann so etwas?«

»Unglücklich weshalb?«

»Unglücklich in einer Beziehung«, konkretisierte ich.

Oskar stutzte kurz, dann fiel ihm der Apfel aus der Hand. »Wie kommst du denn jetzt darauf?«, fragte er panisch. »Du meinst so eine Beziehung wie verheiratet oder so?«

»Äh … na ja … also …« Was wollte er denn jetzt?
»Hat sie was gesagt?«
»Wer?«
»O mein Gott, vielleicht war es doch ein Fehler!«
»Was?«
»Ich muss dringend was tun.«
»Warum?«

Oskar lief auf und ab und war völlig von der Rolle. »Wenn sie schon mit den Kinder darüber redet … Wir hätten nicht heiraten sollen … Warum habe ich es nur zugelassen, ich Esel! Ich hätte es wissen müssen … Hoffentlich ist es noch nicht zu spät …« Mit dem letzten dieser Sätze, die keinen Sinn ergaben, stürmte er aus der Küche.

Ich sah ihm völlig verwirrt nach. Ich meine, ehrlich, wenn er meine Frage nicht beantworten will, kann er es doch einfach sagen und muss nicht so eine Show abziehen, oder?!

»Super, Einstein!«, fauchte mich Flippi an. »Hatten wir uns nicht geeinigt, dass wir Oskar mögen und er gut für uns und unsere Mutter ist?«

»Ja, sicher.« Irgendwie war mir immer noch nicht so klar, was hier gerade gespielt wurde.

»Und warum torpedierst du dann die Beziehung von Mami und Oskar?«

»Tu ich doch gar nicht.« Ich war mir keiner Schuld

bewusst. Man wird ja wohl noch eine Frage stellen dürfen. Auf die ich immer noch keine Antwort hatte – nach Oskars dramatischem Abgang.

Dummerweise war jetzt außer Flippi niemand mehr da, den ich fragen konnte. Ich holte tief Luft.

»Woran erkennt man, dass jemand unglücklich ist?« Wow, ich stellte die Frage tatsächlich meiner kleinen Schwester!

»Das ist einfach ...« Flippi zuckte die Schultern.

Ich sah sie erwartungsvoll an.

»Man fragt!« Damit stand sie auf und ging.

Na toll.

Donnerstag, 10. Juli, nachmittags

Ich hatte Lucilla heute Mittag zu verdeckten Ermittlungen bestellt. Ich hatte mir überlegt, dass wir uns zunächst mal ein Bild von der Sven-Susanne-Beziehung machen sollten. Ganz unauffällig, versteht sich.

Lucilla sollte mich abholen und wir würden die beiden dann ein wenig beschatten, um zu sehen, wie sie sich benehmen, wenn sie allein sind. Na ja, allein war jetzt vielleicht etwas übertrieben, aber eben allein unter Menschen, die sie nicht kannten und denen sie nicht das perfekte Paar vorspielen mussten.

Vorher trug sich aber noch etwas echt Befremdliches bei uns zu Hause zu. Flippi und meine Mutter waren in der Küche und Lucilla und ich wollten nur kurz Tschüss sagen, als Oskar hereinkam.

Er hatte einen Arm voller Rosen und strahlte meine Mutter an. »Wie schön, dich zu sehen!«, schmetterte er.

»Ich wohne hier«, antwortete meine Mutter irritiert, ohne den Blick von den Rosen abzuwenden. »O nein!«, stöhnte sie dann. »Sag bloß nicht, die haben den Plan schon wieder geändert und geben jetzt den Rosenkavalier!« Meine Mutter arbeitet als Kostümbildnerin im Theater.

Genau wie Oskar, nur dass er dort keinen Job als Kostümbildner, sondern als Bühnenbildner hat.

»Nein, haben sie nicht«, beruhigte er sie schnell.

»Okay, dann …« Meine Mutter versuchte immer noch, den Sinn dieser Roseninvasion zu ergründen. »Hast du einen Blumenladen ausgeraubt?«

Wow, meine Mutter und Humor! Das kam selten vor. Oder meinte sie das ernst?

Auch Flippi sah auf. Allerdings war sie weniger an dem Anflug von Humor seitens meiner Mutter interessiert, sondern an Oskars Antwort. Würde er Ja sagen, stiege er in ihrer Achtung um ein paar Plätze.

»Nein.« Oskar schüttelte den Kopf. »Hätte ich das tun sollen?«, fügte er unsicher hinzu. Auch er kannte die humorvolle Seite meiner Mutter nur flüchtig.

Flippis Kopf flog herum und sie sah meine Mutter erwartungsvoll an.

»Himmel, nein!«, stellte meine Mutter schnell klar.

Flippis Interesse erlosch.

Allerdings war die Frage meiner Mutter noch nicht beantwortet. »Also?«, fragte sie und deutete auf den Strauß.

»Oh, die sind für die Dame meines Herzens!«, strahlte Oskar und hielt ihr den Strauß hin.

»O mein Gott!«, entfuhr es meiner Mutter. Sie sah ziemlich erschrocken aus. »Hab ich was vergessen? Feiern wir irgendwas? Kommen Gäste?«

»Nein, nein«, versuchte Oskar, sie zu beruhigen.

»Ich weiß es! Der Hochzeitstag! Ich habe unseren Hochzeitstag vergessen ...«, jammerte meine Mutter.

»Nein, darum geht es nicht.«

Beide schienen zunehmend verzweifelt.

»Ich wollte dir wirklich einfach nur ein paar Blumen mitbringen«, erklärte Oskar kleinlaut und sah dabei den Strauß an, als wollte er ihn am liebsten in seine Atome zerlegen.

»Hm, einfach so?« Meine Mutter war misstrauisch. »Irgendeinen Grund muss es doch geben?«

»Na, den, dass ich dich liebe, dass ich will, dass du dich freust und nicht unglücklich bist«, stammelte Oskar nun völlig aus dem Konzept gebracht.

»Und wieso sollte ich unglücklich sein?« Die Verwirrung meiner Mutter wich jetzt einem gewissen Misstrauen.

»Sollst du ja gar nicht. Ich wollte einfach nur etwas Nettes tun.«

»Ach. Und warum mähst du da nicht den Rasen oder bringst den Müll raus?«

»Das würde dich glücklicher machen?«

»Was hast du bloß dauernd mit diesem Glücklichsein?« Meine Mutter sah Oskar jetzt an, wie sie Flippi und mich immer ansieht, wenn sie das Gefühl hat, sie ist einer Schandtat auf der Spur und kurz davor, uns zu überführen.

»Ich … äh … nichts. Ich geh dann mal den Rasen mähen«, gab Oskar auf und schlurfte mit seinen Rosen nach draußen.

»Irgendwas ist da doch im Busch!«, murmelte meine Mutter und beobachtete Oskar durch das Fenster, wie er die Rosen auf den Buchsbaum legte und den Rasenmäher aus dem Schuppen holte.

»Aber das war schon richtig romantisch, das müssen Sie zugeben«, mischte sich jetzt Lucilla ein.

»Ja, aber warum?«, überlegte meine Mutter. »Willst du einen Tee?«

»Nein, wir müssen los«, sprang ich dazwischen und zerrte Lucilla aus der Küche, bevor sie jetzt noch mit meiner Mutter irgendwelche Szenarien entwickeln konnte.

»Wir haben eine Aufgabe«, erklärte ich Lucilla, als wir draußen standen.

»Ich wünschte, wir könnten uns das sparen«, seufzte sie.

»Was soll das denn heißen?«, fauchte ich sie an. »Wir reden hier von meiner Zukunft.«

»Wow, bist du dramatisch!«

Dass Lucilla diesen Satz mal *zu mir* sagen würde, hätte ich auch nie gedacht. Ich ignorierte ihn daher.

»Okay, Sven hat heute etwas länger Unterricht, wir müssten ihn also an der Schule abfangen können.«

Lucilla warf mir einen Blick zu. »Und woher wissen wir das?«

»Recherche!«, sagte ich knapp. Ich hatte gestern nämlich schon ein wenig Vorarbeit geleistet und mir Svens Stundenplan besorgt.

»Du verfolgst ihn?«

»Nein, das tun wir jetzt zusammen.«

Irgendwie brauchte Lucilla heute ein wenig Motivation. »Na, komm schon. Bestimmt gibt es irgendeinen Hollywoodstar, der sich aus Versehen von seinem Freund oder seiner Freundin getrennt hat und dann festgestellt hat, dass es ein Fehler war und sie beide doch füreinander bestimmt waren.«

Lucilla überlegte.

Wieso war mir das aber auch nicht früher eingefallen? Lucilla ist ein wandelndes Klatschlexikon, was die Schönen und Reichen aus Hollywood anbelangt. Üblicherweise ist sie es, die stets eine Parallele zu irgendwelchen Filmstars zieht.

»Nein, ich glaube nicht«, schüttelte sie den Kopf.

Hätte klappen können.

Inzwischen waren wir aber auch schon an Svens Schule angekommen. Ich zog Lucilla hinter einen dicken Baumstamm und fing an, den Ausgang zu beobachten.

Es wäre einfacher, wenn Sven feuerrote Haare hätte oder zwei Meter zwanzig groß wäre. Dann hätte ich ihn unter den Menschenmassen, die aus der

Schule strömten, leichter ausmachen können. So verrenkte ich mir den Hals und sah ganz gehetzt hin und her, damit er auch ja nicht entwischen würde.

»Na, erkennst du ihn nicht?«

»Blödsinn. Ich würde ihn mit geschlossenen Augen jederzeit und überall erkennen. Schließlich sind wir füreinander bestimmt«, zischte ich durch die Zähne, während ich mich auf die Zehenspitzen stellte, weil gerade eine Gruppe Jungs vorbeiging, die mir die Sicht nahm. Musste wohl die Basketballmannschaft sein, so riesig wie sie waren.

»Ach wirklich?« Jetzt klang Lucillas Stimme irgendwie belustigt.

»Du glaubst mir nicht?«

»Nein!«

»Und warum nicht?«

»Weil er gerade auf der anderen Seite mit Susanne vorbeigegangen ist.«

Murks! Da passt man mal einen Moment nicht auf. Vielleicht hat er ja einen neuen Haarschnitt oder ein völlig neues Outfit oder …

»Übrigens war er ganz leicht zu erkennen. Es war der Junge, der eng umschlungen und verliebt mit einem Mädchen aus der Schule kam und sehr glücklich aussah.«

»Ach was! Vermutlich war er nur froh, dass die Schule vorbei ist.« Ich zog Lucilla mit mir. »Los, sonst verlieren wir sie.«

Möglichst unauffällig folgten wir den beiden.

Sven hatte die ganze Zeit den Arm um Susanne gelegt. Meine Güte, konnte er sich denn nicht alleine auf den Beinen halten und brauchte eine Stütze?

Lucilla sah mich bedeutungsvoll an.

»Vielleicht hat er sich ja den Knöchel verstaucht ...«

Dann strich er ihr übers Haar.

Wieder ein bedeutungsvoller Blick von Lucilla.

»Vielleicht saß eine Spinne in ihrem Haar.«

Und jetzt küsste er sie.

»Okay, was fällt dir dazu ein? Ist er gestolpert und zufällig dort gelandet? Braucht sie Mund-zu-Mund-Beatmung?«

Ich verdrehte die Augen. »Das ist so was wie ein Reflex. Wenn man einen Freund oder eine Freundin hat, küsst man sich eben. Ganz einfach. Hat gar nichts weiter zu sagen.«

»Das meinst du jetzt nicht in echt, oder?«

»Na ja, also ...«

»Jojo, gib es zu: Die beiden sind ein glückliches Paar. Sie sind verliebt, und zwar ineinander!«

»Was denn? Das schließt du aus den zehn Minuten, die wir sie jetzt gesehen haben?«

»Das waren sehr glückliche zehn Minuten!«, sagte Lucilla mit Nachdruck.

»Scheinbar!«, sagte ich mit mindestens ebenso viel Nachdruck.

»Ach, Jojo, wirklich«, seufzte Lucilla. »Den beiden geht es gut. Sven ist längst über dich hinweg. Und mit Susanne hat er eine gute Wahl getroffen.«

»Was soll das denn bitte heißen?«, blaffte ich.

»Die Sache ist durch, vergiss es. Du hast dich von Sven getrennt und jetzt ist er mit Susanne zusammen. Lass uns das Ganze vergessen. Wir finden einen anderen netten Jungen für dich.« Sie überlegte kurz. »Es wird zwar nicht einfach, aber wir versuchen es. Aber Sven ist nicht mehr auf dem Markt.«

Sie überzeugte mich nicht.

»Nein, Lucilla, nein. Du hast unrecht. Es sind die kleinen Dinge, auf die man achten muss. Das hier«, ich deutete in Richtung Sven und Susanne, während ich weiter auf Lucilla einredete, »das hier hat gar nichts zu bedeuten.«

Jetzt blickten wir beide zu Sven und Susanne hinüber.

Sie hielten sich eng umschlungen und küssten sich schon wieder.

Lucilla sah mich mit hochgezogener Augenbraue an.

Ich blieb dabei: Es hat nichts zu bedeuten! Sven ist nach wie vor in mich verliebt. Auch wenn er es nicht weiß!

Donnerstag, 10 Juli, abends

Eben war ich so leichtsinnig gewesen, noch mal kurz im Wohnzimmer vorbeizuschauen. Hätte ich das mal besser gelassen: Ich bin mitten in einem völlig absurden Krisengebiet gelandet.

Dabei hatte mich Flippi gewarnt. Ich traf sie nämlich im Flur, als sie gerade in ihr Zimmer flüchtete. »Geh da besser nicht rein«, riet sie mir und machte eine Bewegung mit dem Kopf in Richtung Wohnzimmer.

»Warum?«

Sie verdrehte die Augen. »Lass es einfach.«

»Aber warum?«

Sie sah mich an, schüttelte den Kopf und klopfte mir dann ganz mitleidig auf die Schulter. »Sag hinterher nicht, ich hätte dich nicht gewarnt. Und zwar ohne Bezahlung.« Damit ging sie und ließ mich in einer völligen Verwirrung zurück.

Ohne Bezahlung war tatsächlich eine außergewöhnliche Sache. Normalerweise verlangt Flippi immer Geld für irgendwelche Gefälligkeiten. Selbst wenn man sie nach der Uhrzeit fragte, folgen erst mal langwierige Verhandlungen über die Höhe ihres Honorars.

Was also steckte dahinter, dass sie kein Geld für die Information haben wollte?

Da es sich um Flippi handelte, konnte es nur ein mieser Trick sein. Aber was wollte sie damit bewirken? Okay, sie warnte mich davor, in das Zimmer zu gehen. Wenn es in meinem Interesse wäre, nicht in das Zimmer zu gehen, hätte sie mir also einen Gefallen getan. Umsonst. Schwer vorstellbar. Also war es wohl eher so, dass sie nicht wollte, dass ich in das Zimmer ging. Und um sicherzustellen, dass ich auch wirklich nicht dort auflaufen würde, tat sie so, als würde sie mir mit der Warnung einen Gefallen machen.

Hach! Nicht mit mir. So leicht ließ ich mich nicht reinlegen.

Ich riss die Wohnzimmertür auf und stürmte hinein. »Da bin ich«, triumphierte ich.

Oskar und meine Mutter sahen mich völlig irritiert an.

»Wie schön, mein Schatz«, sagte meine Mutter etwas zerstreut. »Und, gibt es was?«

»Wieso?« Irgendwie war ich auf die Frage jetzt nicht vorbereitet. Ich stutzte und sah sie unsicher an.

Das schien meine Mutter jetzt auch völlig aus dem Konzept zu bringen. »Ich meine, wie schön! Komm, setz dich doch zu uns«, rief sie schnell, sprang auf, umarmte mich und drückte mich aufs Sofa. Sie war erschrocken, weil sie wohl dachte, sie hätte mich eben etwas zu sehr abgebügelt. Meine Mutter lebt in der ständigen Angst, uns mit ihrer Erziehung völlig zu verkorksen und damit den Grundstein für ein unglückliches Leben zu legen. »Möchtest du was?« Meine Mutter überschlug sich. »Oskar, hol dem Kind doch mal was.«

Oskar stand auf und sah verwirrt aus.

»Schon gut, ich will nichts«, winkte ich schnell ab.

Oskar setzte sich wieder, sprang aber sofort wieder auf. »Aber vielleicht kann ich dir ja was bringen, Isolde?«, strahlte er.

Meine Mutter sah ihn misstrauisch an und schüttelte dann den Kopf.

»Einen Tee vielleicht? Oder einen von den kleinen Keksen? Ich habe extra die gekauft, die kaum Kalorien haben«, fügte er stolz hinzu.

»Was?!«, fuhr meine Mutter auf. »Glaubst du, ich bin zu dick?«

»Himmel, nein! Aber da achtest du doch drauf«, verteidigte sich Oskar. »Ich wollte dir nur was Gutes tun.«

»Indem du meine Kalorienzufuhr überwachst?!«

»Nein!« Oskar kam ganz schön ins Schwimmen. »Indem ich aufmerksam bin«, schlug er vor.

Meine Mutter schien nicht wirklich versöhnt.

So langsam dämmerte es mir, dass Flippis Warnung wohl nichts weiter war als eine Warnung. Und ich hätte auf sie hören sollen.

»Ich habe Karten besorgt«, versuchte es Oskar erneut.

»Wieso?«

»Ich dachte, dass wir mal was zusammen unternehmen, um abzuschalten.«

»Abschalten wovon?«

»Von … allem?« Oskar tat mir wirklich leid. Er bemühte sich aufs Heftigste, etwas Nettes für meine Mutter zu tun. Aber was immer er sagte, es rief bei meiner Mutter nur tiefes Misstrauen hervor, weil sie dachte, er hätte irgendwas angestellt und demzufolge ein schlechtes Gewissen.

»Von allem?!« Meine Mutter war wirklich erbarmungslos.

»Na ja, von der Arbeit, dem Alltag, den kleinen

Sorgen ... Wobei ich nicht meine, dass wir welche haben oder haben müssten.« Oskar lernte langsam dazu.

Das musste wohl auch meine Mutter zugeben. Sie schien etwas friedlicher zu werden. »Und wofür sind die Karten?«, wollte sie wissen.

»Fürs Theater ...«

»Theater?! Um mal abzuschalten?! Wir arbeiten im Theater!«

Ja, da hatte meine Mutter nicht ganz unrecht.

»Es ist nicht unser Theater«, versuchte sich Oskar zu verteidigen.

Hm, nicht wirklich ein Punkt für ihn. Schade, er war gerade dabei gewesen, etwas Land gutzumachen. Tja, jetzt konnte er von vorne anfangen. Aber er musste wohl erst mal Kraft schöpfen.

Deshalb übernahm meine Mutter. »Um noch mal auf das Abschalten zurückzukommen ...«

Oskar seufzte tief.

»Du bist dir sicher, dass du da nicht an etwas Bestimmtes gedacht hast?«

»Hätte ich das tun sollen?«

»Tja, das musst du schon selbst wissen.«

Oskar überlegte. »Denkst du denn da an etwas Bestimmtes?«, ging er nach einer kurzen Pause zum Angriff über. »Irgendwas, was dich nicht so besonders glücklich macht?«, setzte er noch zaghaft hinzu.

»Hätte ich denn Grund dazu?« Der Ton meiner Mutter hatte etwas Lauerndes.

Und jetzt seufzte sogar ich. Das war ja echt nicht

auszuhalten. Ehrlich, eine von diesen unsäglichen Nachmittagssoaps war nichts dagegen. Aber da konnte man wenigstens den Sender wechseln.

Mein Seufzen hatte meine Mutter dummerweise wieder auf mich aufmerksam werden lassen. »Aber da diskutieren wir in aller Seelenruhe und meine Tochter sitzt daneben und hat ein Problem.« Während sie das sagte, funkelte sie Oskar vorwurfsvoll an.

Der zuckte zusammen.

Ich auch. »Was?!«

»Na, du bist doch mit einem Problem zu uns gekommen!«, beharrte meine Mutter.

»Nein, eigentlich nicht.« Ich war nur gekommen, weil Flippi meinte, ich sollte nicht da reingehen. Aber das konnte ich wohl kaum sagen. »Ich will euch nicht stören«, versuchte ich, meinen Rückzug vorzubereiten.

»Aber, Schätzchen, du musst nicht tapfer sein. Nur weil Oskar sich komisch benimmt, haben wir trotzdem immer Zeit für dich.« Wieder ein Pfeil in Richtung Oskar.

Der krümmte sich.

»Also was ist los?«

»Wirklich, ich …«

»Jojo, wir sind immer für dich da. Egal was es ist.« Oskar sah mich flehentlich an. Vermutlich sah er seine einzige Chance, den Abend zu überleben, darin, mein Problem zu lösen.

Ich wollte ihm ja gerne helfen, wusste aber echt nicht, wie.

»Möchtest du vielleicht einen von diesen kleinen Keksen? Sie sind kalorienreduziert. Ich habe sie extra besorgt«, fragte Oskar ganz eifrig. Irgendjemand musste ihm im Geschäft wohl gesagt haben, dass das Glück der weiblichen Familienmitglieder in kalorienreduzierten Keksen besteht. Allerdings nicht in unserer Familie. Wir futtern, worauf wir Lust haben, und machen uns wenig Gedanken über Kalorien.

»Fängst du schon wieder an!«, giftete meine Mutter ihn an.

»Was?!«

»Willst du ihr jetzt auch noch einreden, sie soll auf ihre Figur achten?«

»Himmel, nein. Ich … nein, wirklich nicht … ich dachte nur … Wie wäre es mit einem Stück fetter Schokoladentorte?«

»Haben wir welche?«

»Noch nicht. Aber ich gehe sofort los.« Damit flüchtete Oskar und ließ mich und meine Mutter alleine.

Meine Mutter sah ihm kopfschüttelnd hinterher. »Ich möchte wirklich mal wissen, was in ihn gefahren ist«, murmelte sie. Dann wandte sie sich nachdenklich an mich. »Hat er was gesagt?«

»Er will Schokoladentorte holen.«

»Doch nicht das!«, winkte meine Mutter ab. »Er ist so komisch in letzter Zeit.« Sie musterte mich wieder. »Weißt du irgendwas?«

Ich zuckte die Schultern. »Ist doch süß. Ich meine, er gibt sich richtig viel Mühe.«

»Genau!«

Ich guckte ziemlich ratlos aus der Wäsche. Wo war das Problem?

»Da stellt sich doch die Frage, warum! Warum gibt er sich so viel Mühe?«

»Er mag dich?«

»Ach ...« Meine Mutter winkte ärgerlich ab und versank wieder in ein düsteres Brüten. »Ich bin mir sicher, er hat was ausgefressen. Wenn ich nur wüsste, was ...«

Ich stand langsam auf, um endlich zu türmen. »Also wenn du mich dann nicht mehr brauchst ...«

»Was?« Meine Mutter blickte zerstreut auf. »Ach, Jojo-Schätzchen, entschuldige bitte, ich hatte dich ja schon wieder ganz vergessen.«

Murks, wieso bin ich nicht einfach gegangen, als ich es konnte?!

Sie drehte sich zu mir und legte ihr Keine-Angst-deine-Mutter-ist-immer-für-dich-da-Gesicht auf, was in der Regel eher das Gegenteil bewirkt: Man bekommt Angst. Denn was durch dieses Gesicht eingeleitet wird, ist ein endloses Problemlösegespräch, üblicherweise mit Unmengen von Tee begleitet, bei dem einem zum Schluss der Kopf schwirrt und man gar nicht glauben kann, was man doch alles für Probleme hat, von denen man bisher noch nichts ahnte.

»Also, was liegt dir denn auf dem Herzen?«, eröffnete meine Mutter das Ritual.

An dieser Stelle denkt man sich meist schnell ein kleines Problem aus, das man zwar nicht hat, von dem man aber hofft, dass meine Mutter es möglichst schnell lösen kann.

Aber aus irgendeinem Grund entschied ich mich heute mal, die Strategie zu wechseln. Wenn ich hier schon rumsitzen und Probleme wälzen musste, wollte ich wenigstens etwas davon haben.

»Woran erkennt man eigentlich, dass jemand unglücklich ist?« Ich hatte ja immer noch keine zufriedenstellende Antwort auf diese Frage bekommen. Und wer weiß, vielleicht fiel meiner Mutter etwas dazu ein.

Sie sah mich erschrocken an. »Bist du unglücklich?«

»Nein, nein, bin ich nicht.«

Sie ignorierte das. »Ich sollte nicht so viel arbeiten und mehr Zeit für euch haben.«

»Nein, bloß nicht!«

»Ich hätte nicht wieder heiraten sollen. Das ist es. Ja, das war ein Fehler.«

»Himmel, Mam, nein! Oskar zu heiraten war die beste Entscheidung überhaupt. Und ich bin nicht unglücklich.«

»Bist du nicht?«

»Nein, bin ich nicht. Sonst wüsste ich doch auch, woran man so was erkennt.«

Das schien meine Mutter zu überzeugen. Zumindest dachte sie einen Moment darüber nach. Dann kam ihr ein Gedanke und sie sah mich mit großen Augen an. »Es ist Oskar! Oskar ist unglücklich. Er hat mit dir darüber geredet? Was hat er gesagt?«

»Nein, nein, das hat echt nichts mit Oskar zu tun. Ehrlich. Wir haben über nichts geredet und ich glaube nicht, dass er unglücklich ist.«

Meine Mutter schien nicht mehr weiter zuzuhören. »Doch. Deshalb benimmt er sich so merkwürdig. Ich hab gewusst, es steckt etwas dahinter!«

Das war der Moment, wo ich meinen ersten Plan, einfach zu verschwinden, in die Tat umsetzte. Armer Oskar, er würde sicher einiges über sich ergehen lassen müssen, wenn er zurückkam. Irgendwie tat er mir ja leid. Aber warum musste er sich denn auch so komisch benehmen?

Ich schaffte es aus dem Katastrophenzimmer raus und in mein Zimmer rein ohne weitere Zwischenfälle.

Die beiden hatten echt wieder mal einen prima Beitrag zum Thema *Wie ich auf keinen Fall werden will, wenn ich erwachsen bin* geliefert.

Sonntag, 13. Juli, mittags

Gestern Abend hatte ich tatsächlich noch eine Eingebung wegen Sven und Susanne und warum die beiden so glücklich aussahen. Ich habe sofort versucht, Lucilla anzurufen, aber sie war natürlich wieder mit Valentin unterwegs. Valentin ist Lucillas perfekter Freund – das, was Sven für mich auch bald wieder sein wird.

Da ich Lucilla also am Abend nicht mehr erreicht habe, bin ich heute Morgen gleich zu ihr gegangen, um ihr meinen neusten Plan mitzuteilen.

»Ist schon Montag? Müssen wir zur Schule?« Lucilla war ziemlich verwirrt, als ich plötzlich in ihrem Zimmer stand. Ihre Mutter hatte genauso reagiert, als sie mir ziemlich verschlafen die Tür aufmachte. Diese leichte morgendliche Verwirrtheit muss also in der Familie liegen.

»Nein, es ist Sonntag und wir müssen nicht in die Schule, aber ich habe eine Idee«, beruhigte ich Lucilla.

Allerdings sah sie mich daraufhin so ängstlich an, dass ich das Gefühl nicht loswurde, sie hätte es beruhigender gefunden, wenn wir einfach nur in die Schule hätten gehen müssen.

»So früh morgens? An einem Sonntag?!« Anscheinend gab es in Lucillas Vorstellung davon, wie Ideen zu sein haben, genaue Zeiten, an die man sich halten musste.

»Eigentlich hatte ich die Idee ja schon gestern Abend, aber da warst du nicht da.«

Lucilla überlegte kurz, dann trat ein verzücktes Lächeln auf ihr Gesicht. »Ja, ich war mit Valentin unterwegs, es war so unheimlich romantisch! Du ahnst nicht, was er sich wieder hat einfallen lassen …«

Ich verdrehte innerlich die Augen und war irgendwie froh darüber, dass ich nicht mal ahnte, auf was für Ideen Valentin kam. Und ehrlich gesagt hatte ich jetzt auch wirklich keine Zeit und Lust, über Valentins romantische Ader zu reden. Aber es war klar, dass ich mit meinem Plan nicht weiterkam, bevor Lucilla nicht den romantischen Abend mit ihrem noch romantischeren Freund Valentin und seinen so unglaublich romantischen Ideen geschildert hätte.

Während Lucilla erzählte, schweifte ich mit meinen Gedanken ab.

Lucillas Frage riss mich dann wieder aus meinen Grübeleien. »Was sagst du dazu?«

Ähm, ich war etwas unsicher, weil ich ja nicht zugehört hatte. Ich probierte es mit einem: »Also, das ist echt romantisch ...«

Lucilla strahlte: »Sag ich doch!«

Puh, Glück gehabt!

»Bin ich jetzt an der Reihe?«, erkundigte ich mich.

Lucilla nickte.

»Also, Folgendes ...« Ich machte eine dramaturgische Pause.

»Du hast nicht zufällig einen Tee oder so was dabei?«, fragte Lucilla.

Klar, ich hatte ja auch immer einen Tee in meiner Tasche. »Nein«, sagte ich kurz.

»Würde es dir wohl was ausmachen, mal eben schnell nach unten in die Küche zu huschen und mir einen zu machen? Das Reden eben war so anstrengend.«

Na toll, ich hörte mir geduldig ihr Romantikgesülze an und als wir dann endlich zu dem Thema kamen, weswegen ich überhaupt da war, machte sie schlapp und brauchte dringend einen Tee!

»Du musst ja nicht reden, nur zuhören«, versuchte ich zu verhandeln.

»Das ist noch anstrengender«, verkündete Lucilla.

Würde ich nun zu diskutieren anfangen, verlängerte das die ganze Sache nur. Also lief ich in die Küche und suchte nach etwas Teeähnlichem. Dabei erschreckte ich Lucillas Mutter fast zu Tode, weil sie dort unten gerade über einer Tasse Kaffee wieder eingenickt war.

Ich meine, ehrlich, wie kann man denn über einem Kaffee einschlafen?

Sie schreckte hoch, stieß einen kurzen, spitzen Schrei aus und fuhr zusammen. Da sie in der Hand eine Tasse hatte, in der sich auch noch Kaffee befand, gab das eine ganz schöne Wutzerei.

»Ach, Jojo, ich hatte ganz vergessen, dass du da bist«, japste sie.

Na toll, als ob meine pure Anwesenheit ein Grund wäre, um Kaffee zu verschütten!

»Gibt's hier irgendwo einen Tee?«, erkundigte ich mich.

»Ist deine Mutter auch da?«, fragte sie und sah sich suchend um. Dabei wirkte sie fast ein wenig panisch.

Meine Mutter ist bekannt dafür, alle Probleme mit Unmengen von Tee zu lösen oder in selbigem zu ertränken. Das hat sich auch schon bei den Eltern meiner Freunde herumgesprochen.

»Nein, ich bin alleine gekommen«, beruhigte ich sie. Als ob ich jemals mit meiner Mutter meine Freunde besuchen würde! »Der Tee ist für Lucilla.«

»Ach so.« Sie schien beruhigt. »Tee ist da vorne im Schrank.«

Ich machte also Wasser heiß, verwüstete die Küche dabei nur ein bisschen und lief mit dem fertigen Getränk wieder zu Lucilla.

»Kann ich jetzt?!« Das war mehr eine Feststellung als eine Frage.

Lucilla nickte, schlürfte ihren Tee und hörte mir tatsächlich zu.

»Also, in der Freizeit glücklich zu sein ist einfach, da hat jeder gute Laune. Aber wie sieht es unter Stress aus?«, begann ich.

Lucilla sah mich verwirrt an.

Ich redete schnell weiter, bevor hier schon irgendwelche Zwischenfragen kamen. »Also was passiert, wenn die beiden unter Stress stehen? Sind sie dann immer noch so glücklich und zufrieden? Und vor allem so verliebt ineinander?«

Lucilla sah mich groß an. »Du hast dir das mit Sven immer noch nicht aus dem Kopf geschlagen? Und jetzt willst du die beiden auch noch unter Stress setzen? Was hast du vor? Irgendwelche Streiche wie Spinnen in der Schultasche oder schlecht sitzende T-Shirts?«

»Schlecht sitzende T-Shirts?«

»Es gibt nichts Gruseligeres«, sagte Lucilla mit Nachdruck und musterte mich.

Ich zog automatisch mein T-Shirt glatt.

»Nein, nicht so einen Kinderkram«, sagte ich, wobei ich mir vornahm, mir das für den Notfall zu merken. Also die Sache mit den Spinnen, nicht die mit den T-Shirts.

»Was hast du vor?«, fragte Lucilla noch einmal. »Nichts Strafbares, Jojo, denk daran.«

Ich verdrehte die Augen. Wofür hielt sie mich denn?! »Ich hab nur vor, zu beobachten!«

»Das haben wir doch schon gemacht!«

»Aber nicht, wenn Sven im Stress ist. Dass er gute Laune hat, wenn die Schule aus ist, ist ja kein Wunder. Aber ich weiß, dass er übellaunig wird, wenn er arbeiten muss. Susannes Vater hat doch diese Catering-Firma. Susanne hilft ihm da oft. Und Sven ist auch manchmal dabei. Das ist ganz sicher keine Freizeit-ich-habe-gute-Laune-Situation. Das ist echt Arbeit und Stress.« Ich strahlte Lucilla siegessicher an. Und das war ich auch. Im Prinzip war die Sache wasserfest und konnte gar nicht schiefgehen. Ich weiß nämlich, wie ungern Sven etwas tut, wenn ihn seine Mutter dazu verdonnert hat. Also so was wie die Garage aufräumen oder im Garten zu helfen. Dann hat er immer versucht, sich zu verkrümeln und der Arbeit aus dem Weg zu gehen. Und wenn das nicht geklappt hat, hat er ganz schlechte Laune bekommen und war echt unleidlich. Bei einem gemeinsamen Catering-Auftritt der beiden musste er also einfach schlechte Laune haben. Und voilà, würde ich meinen Beweis haben und Lucilla zugeben müssen, dass Sven unglücklich ist. Und dann stand einer glücklichen Sven-Jojo-Beziehung nichts mehr im Wege.

»Hm.« Lucilla dachte immer noch nach.

»Komm schon, die Sache ist perfekt!« Ich war wirklich begeistert von meiner Idee.

»Und wie hast du dir das vorgestellt?«

»Zufällig weiß ich aus gut unterrichteten Kreisen, dass sie heute Abend im Theater bei der Premiere das Buffet ausrichten. Und Sven wird dabei sein.«

»Hm.«

»Und wir auch.«

»Hm.«

Das waren mir jetzt entschieden zu viele Hms. Ich wurde langsam etwas ungeduldig. »Der Plan ist genial.«

»Hm. Was für ein Plan? Wir gehen ins Theater und gucken Sven beim Arbeiten zu?«

»Und dabei werden wir bemerken, dass er unglücklich ist.«

»Meinst du nicht, dass es normal ist, wenn jemand beim Arbeiten etwas unglücklich ist?«

»Aber er ist dabei mit Susanne zusammen, und wenn die beiden das perfekte Paar sind, dann muss er froh sein, mit ihr zusammen zu sein, egal was sie gerade machen.«

Das schien Lucilla endlich zu überzeugen. Sie nickte bedächtig. »Und du hast Karten für uns? Ich dachte, die Premieren sind immer schon Wochen vorher ausverkauft.«

Okay, das war möglicherweise eine kleine Schwachstelle in meinem Plan. Ich hatte keine Karten. Aber ich hatte Beziehungen. Und irgendetwas würde sich da schon machen lassen. Also winkte ich erst mal lässig ab. »Darum kümmere ich mich schon, mach dir keine Gedanken. Sei einfach fertig, wenn ich dich heute Abend abhole.«

Lucilla zuckte die Schultern. »Na gut, wenn es dir hilft, komm ich mit.«

Super!

Jetzt musste ich nur noch Karten besorgen.

Sonntag, 13. Juli, abends

Wieder was gelernt. Familienmitglieder im Theater zu haben bedeutet nicht automatisch, für jede Vorstellung Karten bekommen zu können.

Vor allem nicht für Premieren.

Das wurde mir beim Mittagessen schmerzhaft bewusst.

»Karten?! Für heute Abend?! Du bist ja echt gut.« Oskar schüttelte lachend den Kopf und meine Mutter kicherte vor sich hin.

Flippi sah interessiert auf.

»Jojo-Schätzchen, heute ist Premiere. Für Premieren sind nie Karten übrig.«

»Ja, schon, aber ihr arbeitet doch da. Ihr könnt da doch bestimmt was machen.«

»Was brauchst du?«, erkundigte sich Flippi. Sie hatte ein geschäftsmäßiges Gesicht aufgesetzt, also ignorierte ich sie.

Stattdessen sah ich Oskar an. »Du kannst doch bestimmt noch zwei Karten für Lucilla und mich organisieren.«

Oskar schüttelte den Kopf. »Tut mir leid, Jojo. Sucht euch doch einfach einen anderen Tag aus und ich besorge euch richtig gute Karten.«

»Seit wann interessierst du dich für Beckett?«, fragte meine Mutter mit einer Mischung von Freude und Misstrauen.

»Beckett?«

»Ja, Samuel Beckett. *Warten auf Godot.*«

»Das wird heute Abend gespielt?« Ich klang ein wenig entsetzt. Alles, was ich aus der Schule über dieses Stück wusste, war, dass zwei Typen auf einen dritten warteten, der nicht kam. Und ehrlich gesagt klang das echt ziemlich langweilig.

»Ja, heute Abend und die nächsten Wochen auch noch. Wusstest du das nicht?«

Natürlich wusste ich das nicht. Aber eigentlich war es ja auch egal. Mir ging es ja sowieso nicht um das Stück. Ich wollte nur Sven dabei ertappen, wie er unglücklich war. Zur Not musste ich mir halt für die Aufführung etwas zu lesen mitnehmen. Und für Lucilla am besten ein paar Mode- oder Hollywoodstar-Magazine.

Aber das konnte ich natürlich meiner Mutter und Oskar nicht sagen. »Doch, sicher wusste ich das. Deshalb will ich ja auch hin.«

Dem skeptischen Gesichtsausdruck der beiden nach zu urteilen, war ich wohl nicht sehr überzeugend.

»Das haben wir demnächst in der Schule.« Einen Versuch war es wert.

»So was lest ihr?«

»Hey, was hältst du davon, wenn wir eine Vorstellung aussuchen, in die deine ganze Klasse mitgehen kann? Es lässt sich doch gleich ganz anders mit so einem Text arbeiten, wenn man das auf der Bühne gesehen hat.«

Ich starrte Oskar an.

Er war ganz aufgeregt und begeistert von seinem Vorschlag und sah erwartungsvoll zwischen meiner Mutter und mir hin und her.

Bei meiner Mutter schien er Erfolg zu haben. Sie nickte ihm wohlwollend zu.

Ich überlegte panisch, wie ich wieder aus der Nummer rauskommen könnte. »Ach, das ist doch so ein Aufwand …«, versuchte ich es schwach.

»Aber nein, das ist doch kein Aufwand«, strahlte er.

Oskar war dummerweise nicht zu bremsen. Nachdem er ja immer noch auf der Suche nach Dingen war, die meine Mutter glücklich machten, war ihm ihr wohlwollendes Nicken ein Ansporn.

Flippi grinste breit und sah mich schadenfroh an.

»Für die Familie ist einem doch nichts zu viel.« Er strahlte meine Mutter an.

Na toll, wieso konnte er nicht einfach für die Familie zwei Premierenkarten besorgen und es dabei bewenden lassen?!

Ich überlegte, wie gut meine Chancen standen, dass meine Klasse ohne ersichtlichen Grund in eine

Theatervorstellung gehen würde oder aber dass mir eine glaubhafte Ausrede einfiel, warum alle meine Mitschüler plötzlich verhindert waren.

Ein Blick zu Oskar und ich wusste, dass meine Chancen gleich null waren. Endlich hatte er etwas gefunden, das die volle Zustimmung meiner Mutter fand. Das würde er so leicht wohl nicht aufgeben.

Entweder ich musste die ganze Sache hier und jetzt abblasen oder meiner Deutschklasse erklären, dass sie in ein Theaterstück gehen mussten.

Oder ich würde mich morgen damit auseinandersetzen.

»Aber ich sollte es mir vorher dringend schon mal anschauen, bevor wir da die ganze Klasse reinschleifen«, versuchte ich, zumindest den heutigen Abend zu retten.

»Was soll das denn heißen?« Meine Mutter schien leicht empört. »In unserem Theater finden nur erstklassige Inszenierungen und Aufführungen statt.«

Autsch. Berufsehre. »So meinte ich das nicht«, sagte ich schnell. »Das weiß ich. Und ich würde auch diesen Godot nie woanders sehen wollen. Aber …« Aber was? Mir fiel kein Aber ein. Murks noch mal! Ich gab auf, ging aus der Küche und machte mich auf den Weg zu meinem Zimmer, um mir einen neuen Plan auszudenken.

»Hey!« Flippi holte mich im Flur ein. Sie war während der ganzen Godot-Diskussion erstaunlich ruhig gewesen. Normalerweise gab sie zu allem ihren Senf dazu. »Willst du echt ins Theater?«

»Ja.«

»Das Stück ansehen?«

»Nein, nur ins Theater.«

Jetzt blickte sie sich um, winkte mich zu sich, stellte sich auf die Zehenspitzen, um an mein Ohr zu kommen, und flüsterte: »Zwei Euro und ich regle das.«

»Was?«

»Die Sache mit dem Theater.«

»Was genau?«

Sie verdrehte die Augen. »Ich sorg dafür, dass du reinkommst. Zwei Euro.« Sie hielt die Hand auf.

»Lucilla muss auch mit.«

Sie überlegte kurz. »Okay, vier Euro.«

Ich seufzte. Das war wohl die einzige Möglichkeit. Ich ging in mein Zimmer, um das Geld zu holen. Wieso konnte sie mir Karten besorgen, die noch nicht einmal Oskar oder meine Mutter bekommen konnten? Ich entschied, lieber nicht darüber nachzudenken. Flippi war eben Flippi. Und momentan konnte ich nicht besonders wählerisch sein.

Flippi gab mir noch Anweisungen, dass wir uns schwarz und ordentlich kleiden und uns bei der Garderobiere melden sollten. Klasse, die Garderobiere kann noch Premierenkarten verteilen, während der Chefbühnenbildner und die Chefkostümbildnerin keine kriegen!

Es war etwas schwierig, Lucilla dazu zu bewegen, sich schwarz zu kleiden, weil sie meinte, das würde so gar nicht zu ihrer Ausstrahlung passen. Schließlich überzeugte ich sie mit dem Hinweis, dass es ihre

Ausstrahlung sogar noch besser zur Geltung bringen würde. Während sie noch darüber nachdachte, durchwühlte ich schon ihren Kleiderschrank und reichte ihr alle ansatzweise schwarzen Kleidungsstücke. Okay, ich überzeugte sie nicht wirklich, aber zumindest lenkte ich sie lange genug ab, sodass sie sich umzog und wir losgehen konnten.

Flippi hatte uns tatsächlich beim Theater angemeldet, als ich an der Kasse meinen Namen nannte, wurden wir durch den Hintereingang zur Garderobe gelotst. Und auch da wartete tatsächlich schon Frau Simon, die Garderobiere, auf uns. »Wie schön, dass ihr gekommen seid!«, freute sie sich.

Wow, das war mal ein Empfang, und das von jemandem, der einem gleich Freikarten schenkt! Man konnte gar nicht recht glauben, dass die Vorstellung ausverkauft sein sollte.

»Oh, wir danken Ihnen«, antwortete ich lächelnd.

»Na, dann kommt doch mal mit«, sagte sie und klappte ein Stück Theke nach oben, damit wir durchgehen konnten.

Das war jetzt etwas merkwürdig. Sie hätte uns die Karten ja auch einfach rüberschieben können. Aber vielleicht wollte sie, dass wir unsere Jacken selbst aufhängen. Was macht man nicht alles für Freikarten!

Also gingen wir hinter die Theke, zogen unsere Jacken aus, hängten sie ordentlich auf und nahmen uns jeweils eine Marke.

Frau Simon sah uns zu und machte immer noch keine Anstalten, uns die Karten zu geben.

»Okay so?«, fragte ich daher.

»Ja«, lachte sie. »Das war sehr überzeugend. Ihr habt den Job!«

Das kapierte ich jetzt gar nicht, musste wohl ein Garderobenwitz sein.

»Und wo sitzen wir?«, versuchte ich, die Aufmerksamkeit dezent auf unsere Karten zu lenken.

»Oh, ihr könnt euch nachher irgendeinen Stuhl nehmen. Aber jetzt könnt ihr noch nicht sitzen. Erst wenn alle Mäntel hängen.«

Also entweder gab es eine riesige Enzyklopädie mit Garderobenwitzen und -redewendungen oder hier lief etwas gründlich schief. Eine Ahnung machte sich in mir breit. Ich wandte mich an Frau Simon. »Was genau hat Flippi Ihnen gesagt?«

»Oh, dass ihr dringend mal sehen wollt, wie es so in einer Garderobe abläuft, und deshalb hier heute Abend als Freiwillige helft.«

Okay, na klar, war ja zu erwarten. Jetzt ergab das Ganze einen Sinn. Deshalb die schwarze Kleidung. Und dafür hatte ich Flippi auch noch Geld bezahlt!

»Wollen wir das?«, flüsterte mir Lucilla verwirrt zu.

Frau Simon war gerade mit einem Besucher und seinem Mantel beschäftigt.

»Eigentlich nicht, aber ich fürchte, uns bleibt keine Wahl, als es doch zu wollen. Und falls es dir ein Trost ist, ich werde Flippi bei der Fremdenlegion anmelden, sobald ich heute nach Hause komme.«

»Dann hänge ich aber die Damenmäntel auf!«, schmollte Lucilla.

Und schon ging es los und wir hatten wirklich alle Hände voll zu tun. Ich frage mich ja, wie Frau Simon das sonst allein schafft. Aber vermutlich muss sie, wenn sie allein ist, keine umgefallenen Kleiderständer wieder aufrichten und die Mäntel neu zuordnen. Es sei denn, sie bleibt auch gelegentlich an einem Mantelgürtel hängen und reißt dann aus Versehen die ganze Kleiderständerreihe um. Und vermutlich wird sie auch nicht mit den Besuchern Fachdiskussionen über Farben, Schnitte und Material der Mäntel führen, wie Lucilla das ausgiebig tat.

Das Dumme an der ganzen Sache war, dass sich die Garderobe ein Stockwerk unter dem Buffet befand und wir nicht sehen konnten, was für eine Laune Sven hatte.

Kurz bevor die Vorstellung begann, entließ uns Frau Simon. Lucilla und ich schlichen uns nach oben, um einen Blick auf das Buffet beziehungsweise eher dahinter zu werfen. Sven stand neben Susanne und die beiden waren gerade dabei, ein bisschen aufzuräumen. Hach, eine typische Situation, die Sven in schlechte Laune versetzen würde. Ich stieß Lucilla an und nickte siegessicher zu Sven rüber.

Der stapelte Gläser, lachte und beugte sich zu Susanne, um sie zu küssen.

Lucilla sah mich mit hochgezogenen Augenbrauen an. »Ja, das sieht wirklich sehr unglücklich aus.«

Jetzt entdeckte uns Susanne. Sie winkte uns zu. »Hey, was macht ihr denn hier?«

Toll, so war das wirklich nicht geplant! Statt unerkannt einer von vielen Premierengästen zu sein, die zufällig Zeuge einer unglücklichen Beziehung würden, waren wir Garderobieren, die den beiden Verliebten live gratulieren konnten.

Lucilla und ich gingen zu ihnen. Na, vielleicht würde sich Sven ja jetzt verraten, wenn er sich für einen Moment unbeobachtet fühlte, weil sich Susanne mit uns unterhielt. Ich würde ihn nicht aus den Augen lassen. Hoffentlich tat Lucilla das Gleiche.

Susanne begrüßte mich mit einer herzlichen Umarmung, während Sven natürlich wieder blöde Sprüche bringen musste. »Hallo, Jojo. Sag nicht, die haben dir hier einen Job gegeben? Die kennen dich doch!«

Susanne stupste ihn an, wandte sich dann wieder mir zu. »Ich mag die Atmosphäre bei solchen Veranstaltungen total gerne, vor allem bei Premieren.«

Ich nickte und behielt Sven dabei im Blick. Er sah immer noch fröhlich aus. »Und du empfindest das genauso?«, wollte ich von ihm wissen. Überprüfen wir doch mal die Übereinstimmungen …

Sven zuckte die Schultern. »Ist okay.«

»Aha, also es nervt dich!«

Susanne lachte. »Es nervt ihn so sehr, dass er darum gebettelt hat, heute mithelfen zu dürfen.«

»Also, gebettelt hab ich nicht«, stellte Sven klar. »Ich hab mich noch nie um Arbeit gerissen. Das kann jeder bestätigen.«

Na bitte, sie sind nicht einer Meinung! Ich sah Konfliktpotenzial.

»Allerdings!«, nickte ich. »Svens Methoden, sich vor Arbeit zu drücken, sind legendär!«

Sven lächelte Susanne an. »Es war nur die einzige Chance, Zeit mit dir zu verbringen.«

Susanne lachte, drückte ihm einen Kuss auf die Nase und wandte sich an uns. »Und dafür ist er sogar bereit zu arbeiten. Der Faulpelz muss mich wirklich mögen.«

Lucilla sah mich mit hochgezogener Augenbraue an und gab mir mit einer leichten Kopfbewegung zu verstehen, dass wir uns wieder verkrümeln sollten.

Ich winkte unauffällig ab. Das sagte noch gar nichts. Warten wir doch erst mal ab.

»Hey, wir räumen noch schnell ein wenig auf und dann können wir es uns hier bis zur Pause gemütlich machen, was meint ihr?«, schlug Susanne vor.

Ich sagte sofort zu. Das war eine gute Gelegenheit, Sven zu beobachten. Irgendwann würde er sich verraten, da war ich mir sicher.

Susanne bot uns etwas zu essen und zu trinken an und Lucilla revanchierte sich, indem sie vorschlug, Susannes Mantel unten in der Garderobe aufzuhängen.

Sven hielt eisern die Fassade aufrecht, dass er sich mit Susanne pudelwohl fühlt. O Mann! Ich musste ernsthaft ins Kalkül ziehen, dass es eventuell gar keine Fassade war.

Kurz vor der Pause mussten die beiden dann wieder weiterarbeiten und wir gingen zurück zur Garderobe.

»Also, bist du jetzt überzeugt? Reicht das?«, fragte Lucilla streng.

Ich zuckte vage die Schultern.

»Vielleicht nach der Vorstellung, wenn alles vorbei ist und Sven dann ...«

»Jojo, vergiss es! Endgültig. Die beiden sind glücklich und Sven nimmt den Job sogar freiwillig an, um mit Susanne Zeit zu verbringen. Sie passen perfekt zusammen. Okay, natürlich nicht so perfekt wie Valentin und ich, denn so perfekt passt außer uns niemand zusammen. Aber sie sind ziemlich nahe dran.«

Ich holte tief Luft – und sagte nichts. Sie hatte recht. Die beiden waren total süß miteinander und sahen wirklich glücklich aus. Und außerdem musste ich insgeheim zähneknirschend zugeben, dass Susanne total nett ist.

»Oh, ihr seid wieder da?«, meinte Frau Simon leicht entsetzt, als wir auf die Garderobe zusteuerten. »Eigentlich ist es nicht nötig, dass ihr noch hierbleibt, geht ruhig nach Hause, ich schaffe das auch alleine. Aber vielen Dank für eure ... ähm ... Hilfe.« Das Wort wollte ihr wohl nicht so recht über die Lippen.

Wir verabschiedeten uns von Frau Simon und gingen.

Ich begleitete Lucilla noch nach Hause, wo sie sofort Valentin anrufen wollte, und dann schleppte ich mich mühsam nach Hause.

Murks, das war wirklich gründlich schiefgegangen!

Ich war sogar zu fertig, um mich mit Flippi anzulegen und mein Geld zurückzufordern. Außerdem würde ich damit sowieso nicht durchkommen. Geld rückte Flippi nicht mehr raus. Das war ein Naturgesetz.

Und wer legt sich schon mit der Natur an?!

Montag, 14. Juli

Lucilla hat mich heute zum Eis eingeladen. Um mich aufzumuntern, wie sie meinte. Wie süß von ihr.

»Ich denke, es steht wohl eindeutig fest: Sven ist nicht unglücklich!«, begann sie, nachdem wir unser Eis gekriegt hatten. »Und von daher scheidet er als potenzieller Freund aus.«

Ja, so weit war ich auch schon gekommen. Ich nickte und stocherte in meinem Eis herum.

»Also zu Plan B.«

»Es gibt einen Plan B?«, fragte ich verwirrt.

»Es gibt immer einen Plan B!«, rief Lucilla. »Mit wem warst du eigentlich sonst noch so zusammen?«

Was? Wollte sie mir jetzt meine ganzen Sünden unter die Nase reiben? Ich sah sie verwirrt an. »Wieso?«

»Na komm schon, also Namen!«

»Okay, da war Justus …«

»Hm«

»Und Sven …«

»Sinnlos.«

»Und dieser komische Typ mit den Hunden, für den ich mir meine Haare blond gefärbt habe.«

»Na, den lassen wir wohl lieber aus.«

»Lucilla, worum geht es hier?«

Sie sah mich völlig verblüfft an. »Wir suchen einen Freund für dich.«

»Unter meinen Exfreunden?«

»Aber sicher. Das Konzept ist gut. Sieh mal, ihr kennt euch schon, also können wir das Suchen und Kennenlernen streichen. Das spart eine Menge Zeit. Außerdem wissen die Guten so in etwa, auf was sie sich bei dir einlassen. Das könnte ein Vorteil sein …«

Sie überlegte kurz. »Na ja, möglicherweise auch ein kleiner Nachteil, aber damit müssen wir dann arbeiten.« Sie dachte wieder kurz nach. »Hast du vielleicht irgendwelche Freunde, bei denen du dich nicht völlig blamiert hast?«

»Was meinst du denn damit?«

»Na ja, ich meine jemanden, wo du nicht so viel Chaos wie üblich verbreitet hast.«

Ich sah sie entrüstet an.

»Jojo, ich versuche, hier wirklich nur zu helfen. Also? Irgendjemand?«

Jetzt sah ich sie ratlos an. Mir fiel beim besten Willen niemand ein. Das Chaos begleitet mich wie ein siamesischer Zwilling.

»Ich nehme auch Sandkasten- oder Kindergartenfreunde«, bot Lucilla an.

Ich wusste ihr Entgegenkommen zwar zu schätzen, aber trotzdem fiel mir niemand ein.

»Lucilla, es gibt keinen Exfreund, mit dem ich wieder zusammen sein will.«

»Hm, also du bist nicht sehr kooperativ, das muss ich schon sagen«, tadelte mich Lucilla. »Nur weil es mit Sven nichts wird ...«

»Das hat jetzt nichts mit Sven zu tun. Ich will nicht mit irgendeinem Exfreund zusammen sein.«

»Okay, wie du meinst. Dann suchen wir dir einen Neuen. Das wird etwas schwieriger und aufwendiger, aber ...«

»Nein, Lucilla.« Ich schüttelte den Kopf, dachte nach und seufzte. »Weißt du was?«, sagte ich schließlich. »Diese ganze Freund- und Beziehungsnummer nervt mich. Ich lass es einfach.«

»Wie?!«

»Wer sagt denn, dass ich unbedingt einen Freund haben muss?«, warf ich in den Raum.

Hätte ich gerade Chinesisch geredet, hätte mich Lucilla nicht verständnisloser ansehen können.

»Aber ...« Lucilla war fast sprachlos, das war eine Seltenheit. »Keinen Freund?!«

Ich nickte. Der Gedanke gefiel mir.

»Das meinst du nicht ernst.« Fassungslosigkeit überfiel Lucilla.

»Doch. Wirklich, wer braucht denn schon einen blöden Freund?!«

»Oh, wir würden versuchen, einen *netten* Freund für dich zu finden«, fiel Lucilla eifrig ein. Sie sah wohl eine Möglichkeit, das Ruder herumzureißen.

»Nein, weder noch. Ich mach jetzt mal 'ne Pause.«

Die Idee gefiel mir immer besser. Es muss doch möglich sein, ein erfülltes Leben zu führen, ohne dass man einen festen Freund hat. Damit würde ich mir jede Menge Dramen und Ärger, Missverständnisse und Stress, Streit und Tränen ersparen.

»Jojo, das solltest du dir wirklich noch mal gründlich überlegen. Vielleicht möchtest du da auch noch mal mit jemandem drüber sprechen.« Lucilla redete auf mich ein wie auf einen Schwachsinnigen.

»Mit wem?«

Sie zuckte die Schultern. »Keine Ahnung, aber triff jetzt nur keine übereilten Entscheidungen.«

»Nein, ich brauche echt keinen Freund.«

»Aber … jeder braucht einen Freund. Also außer den Jungs, die brauchen eine Freundin. Mit wem willst du denn deine Freizeit verbringen?« Lucillas Weltbild war in Gefahr. »In zwei Wochen haben wir Ferien! Was wirst du tun – ohne Freund? Dann bist du ganz allein!« Lucillas Stimme klang schon fast hysterisch.

Ich legte ihr beruhigend die Hand auf den Arm. »Aber ich hab doch eine beste Freundin!« Ich lächelte Lucilla an.

»Wie jetzt …?« Lucilla sah mich argwöhnisch an. »Du meinst …«, sie deutete zögernd auf sich, »… du meinst mich?«

»Aber sicher«, sagte ich fröhlich. »Du bist doch meine beste Freundin?«

»Ja, schon …«

»Na also. Mehr braucht man nicht. Wir werden eine Menge Spaß haben.«

»Oh.«

Lucilla schien meine Begeisterung nicht ganz zu teilen. Aber ich war mir sicher. Mein Leben würde von jetzt an sehr viel unkomplizierter und glücklicher werden.

Mittwoch, 16. Juli

Ich habe völlig recht.
Man braucht gar keinen Freund.
Echt nicht.
Der Beweis: Gestern Abend habe ich einen richtig schönen und entspannten Abend mit meiner besten Freundin Lucilla verbracht. Gut, okay, ihr Freund Valentin war auch dabei, aber das machte nichts.

Ich hatte mich gestern Abend kurzfristig entschieden, bei Lucilla vorbeizuschauen. Sie war sogar da und wühlte gerade in ihrem Schrank nach einer passenden Handtasche, als ich ins Zimmer kam.

»Endlich«, rief sie, ohne aufzuschauen. »Ich freu mich schon den ganzen Tag auf dich. Du glaubst gar nicht, wie sehr ich dich vermisst habe.«

»Aber wir haben uns doch heute Nachmittag gesehen«, entgegnete ich.

Lucilla wirbelte herum. »Jojo?«, das klang ein wenig enttäuscht.

»Ja, ich bin's, deine beste Freundin.«

»Oh«, meinte sie und sah ein wenig hilflos aus.

»Und?«, fragte ich und warf mich aufs Bett. »Heute Abend schon was vor?«

»Ja.«

»Prima, was machen wir?«, wollte ich begeistert wissen.

»Jojo, Valentin kommt gleich, eben dachte ich auch, dass er es wäre. Wir wollten was zusammen unternehmen.«

»Kein Problem, ich mag Valentin.«

»Danke«, meinte Lucilla etwas ermattet.

»Ich komm mit euch.«

Lucilla seufzte tief.

In dem Moment flog die Tür auf.

»Und wie geht es der Dame meines Herzens an diesem wundervollen Abend?« Valentin stand strahlend in der Tür.

»Gut, gut«, winkte Lucilla ab.

»Was?« Valentin schien eine solche Begrüßung wohl nicht erwartet zu haben. Er sah Lucilla völlig verwirrt an. »Hab ich was falsch gemacht?«

»Oh, entschuldige.« Lucilla lief auf ihn zu, umarmte und küsste ihn. Das Ganze natürlich absolut filmreif.

Danach strahlte Valentin wieder. Er kramte in seiner Tasche. »Und ich habe dir etwas mitgebracht.« Jetzt zog er ein kleines Taschentuch aus der Hosentasche, das er ihr überreichte.

»Oh, wie süß von dir.« Lucilla nahm es und hielt es an ihr Herz.

O mein Gott!

»Ich hab was für dich draufgeschrieben«, teilte ihr Valentin mit und deutete auf das Taschentuch.

Lucilla faltete es auf und da stand tatsächlich etwas: *Für immer Dein! In Liebe, Valentin.* Erstaunlich, was alles auf so ein kleines Papiertaschentuch passt.

»Ich dachte, wir gehen ins Kino und sehen uns den neuen Film an. Er soll am Ende etwas traurig sein«, erklärte Valentin den weiteren Verlauf des Abends und gleichzeitig auch sein Geschenk.

»Danke«, hauchte Lucilla und küsste Valentin. »Du bist wirklich süß und denkst an alles.«

»Kino ist okay für mich«, mischte ich mich jetzt ein.

Valentin erschrak und wirbelte zu mir herum. Er hatte mich noch gar nicht bemerkt.

»Hi.« Ich hob kurz die Hand.

»Hi.« Valentins Hand zitterte ein wenig, als er mir zuwinkte. Wow, wer hätte denn gedacht, dass er so schreckhaft ist?!

»Jojo will den Abend mit uns verbringen«, erklärte Lucilla kurz. »Oder hast du es dir inzwischen anders überlegt?«, fragte sie hoffnungsvoll in meine Richtung.

»Nö.« Ich stand auf. »Kino ist gut.«

»Na dann ...« Valentin sah etwas enttäuscht aus, aber Lucilla legte ihm liebevoll die Hand auf den Arm und da fing er gleich wieder an zu strahlen.

Wir machten uns auf den Weg ins Kino. Lucilla und Valentin eng umschlungen und ich lief neben den beiden her und übernahm die Unterhaltung.

Im Kino war es etwas kompliziert, Valentin hatte nämlich so einen Doppelsitz für Verliebte reserviert, was Lucillas Augen erst zum Strahlen brachte, dann aber sah sie leicht sorgenvoll zu mir. Denn weder rechts noch links von diesem Love-Seat war ein Platz frei.

»Wir können uns auch woanders hinsetzen«, schlug Valentin wenig überzeugt vor.

»Ach was«, winkte ich cool ab. »Ich setze mich einfach hinter euch. Da ist noch was frei. Kein Problem.«

Der Film war etwas langweilig und am Ende auch nicht unbedingt taschentuchbedürftig. Aber es war trotzdem gut, dass Valentin Lucilla eins mitgebracht hatte. Damit konnte ich nämlich meine Cola vom Ärmel meines Sitznachbarn wischen, die ich ihm aus Versehen drübergeschüttet hatte.

Nach dem Kino behauptete Valentin, hundemüde zu sein, bestand aber darauf, dass er und Lucilla mich nach Hause bringen würden.

Sie lieferten mich ab und obwohl der Film etwas lahm war, war es ein echt netter Abend.

Auch ohne Freund! – Na bitte.

Sonntag, 20. Juli, nachmittags

Es ist schon erstaunlich, was so ein Leben ohne Freund bewirken kann. Ich fing sogar an, das Sonntagmorgenfrühstück mit meiner Familie zu genießen. Für einen kurzen Moment machte mir das ja schon ein wenig Angst, aber dann dachte ich mir, was soll's, und bestellte einen weiteren Pfannkuchen bei Oskar.

»Wusstet ihr, dass der kleine Bär auch kleiner Wagen genannt wird?«, fragte ich fröhlich in die Runde.

Alle hielten bei dem, was sie gerade taten, inne und sahen mich völlig verwirrt an.

»Sternbilder, oben, am Himmel«, erläuterte ich kurz. Ich hatte gestern Abend mit Valentin und Lucilla eine kleine Sternwanderung unternommen. Es hat eine Menge Spaß gemacht. Wer hätte gedacht, dass die Sterne so lustige Namen haben! Valentin kennt sich wirklich gut damit aus.

Alle wandten sich wieder ihren Tätigkeiten zu. Das war in Oskars Fall das Zubereiten meines Pfannkuchens und im Fall meiner Mutter das abwechselnde Starren auf einen Blumenstrauß und einen Pfannkuchen in Herzform direkt vor sich. Dabei beobachtete sie Oskar misstrauisch und trank eine Tasse Tee.

Und Flippi war damit beschäftigt, ihren Pfannkuchen um eine Tafel Schokolade zu wickeln. »Der ist zu klein«, behauptete sie und bestellte bei Oskar einen größeren. Die angeschmolzene Schokolade schob sie dann erst mal zur Seite und wickelte Gummibärchen in den Pfannkuchen.

Normalerweise wäre meine Mutter spätestens an dieser Stelle völlig ausgerastet, hätte Oskar verboten, einen weiteren Pfannkuchen zu machen, und versucht, Flippi dazu zu bewegen, die Gummibärchen auszuwickeln und stattdessen einen Apfel oder sonst was Gesundes reinzupacken. Sie hätte zwar keine Chance damit gehabt, weil Flippi immer eine Nummer besser ist und alles bekommt, was sie will, aber, wie gesagt, meine Mutter hätte es normalerweise wenigstens versucht.

Heute aber nicht. Sie sah nur kurz auf Flippis Teller, rümpfte angewidert die Nase und dann hefteten sich ihre Augen wieder nachdenklich auf Oskar.

Wow!

Auch Flippi schien erstaunt. Sie blickte schnell von unserer Mutter zu Oskar, dann zu mir und wieder zurück zu unserer Mutter.

Sie stand auf, ging zum Schrank, nahm sich eine Tüte Erdnussflips und wickelte eine Handvoll zu den Gummibärchen in ihren Pfannkuchen.

Keine Reaktion vonseiten meiner Mutter. Nicht mal eine Augenbraue hob sich. Sie schien mit ihren Gedanken woanders zu sein.

Das verursachte jetzt völlige Ratlosigkeit bei Flippi. Sie schob ihren Teller weg und ließ sich nach hinten in ihren Stuhl fallen.

Erstaunlich, wenn sie Ärger bekam und sich durchsetzen musste, war alles in Ordnung, aber so eine Situation, in der man sie einfach gewähren ließ, schien sie richtig zu verunsichern.

»Wie gefallen dir deine Blumen?«, fragte Oskar jetzt lächelnd meine Mutter.

»Hm.«

»Nicht schön? Ich dachte, das wären deine Lieblingsblumen.« Oskar sah sehr enttäuscht aus. »Ich hab sie extra heute Morgen für dich besorgt.«

»Und warum?«

»Damit du dich freust!«

»Und sonst gibt es keinen Grund?«

»Isolde, was soll es denn für einen Grund geben? Ich will dir eine Freude machen, weil ich will, dass du glücklich bist!«, erklärte Oskar verzweifelt.

»Aber warum sollte ich unglücklich sein?!«

»Bist du es denn?«, fragte Oskar zaghaft.

Alle Augen richteten sich auf meine Mutter. Flippis und mein Kopf waren die ganze Zeit wie bei einem Tennismatch zwischen Oskar und meiner Mutter hin- und hergewandert. Irgendwie fühlte sich das jetzt wie der alles entscheidende Aufschlag an. Die Spannung stieg.

Meine Mutter sah gequält aus. Schließlich brach es aus ihr heraus: »Ja!«

»Aber, Isolde …« Oskar war sichtlich erschüttert und eilte zu ihr, immer noch den Pfannkuchenwender in der Hand. »Wieso?«

»Weil du unglücklich bist.«

»Nein! Bin ich nicht.«

»Doch.«

»Aber nur, weil du unglücklich bist.«

Flippi hatte den ganzen Vorgang aufmerksam beobachtet und stand jetzt auf. »Stopp. Das wird mir zu albern«, sagte sie mit wichtiger Miene. »Ich regle das jetzt.«

»Bitte.« Oskar nickte. Ihm schien alles recht zu sein. Selbst dass sich Flippi einmischte.

Was ich persönlich ja für ziemlich gefährlich ansah. Aber für den Moment hielt ich mich lieber raus.

»Okay! Also los, Jojo, koch Tee, und zwar eimerweise. Oskar, stell den Herd ab. Leg mir aber vorher noch meinen Superpfannkuchen auf den Teller. Mami, hör auf zu schmollen.« Flippi übernahm die Führung. Ihr Ton duldete keinen Widerspruch und das Erstaunliche war, wir taten, was sie sagte.

Selbst meine Mutter.

Und ich!

Letzteres wurde mir bewusst, als ich die Teebeutel in die Kanne hängte.

»Okay, was ist hier los? Diese Frage hat sich der eine oder andere in letzter Zeit sicherlich schon gestellt.« Flippi war aufgestanden, hatte die Hände hinter dem Rücken verschränkt und lief vor uns auf und ab.

Wir sahen sie gespannt an.

»Also bitte!«, sagte Flippi und blickte in die Runde. »Was ist hier los?«

»Ich dachte, das wolltest du uns jetzt mitteilen?«, beschwerte ich mich.

»Jojo, das hilft uns jetzt aber nicht weiter«, tadelte mich Flippi. Dann lief sie wieder vor uns auf und ab. Es hatte etwas von einem Verhör.

Meine Mutter brach als Erste zusammen und redete. »Oskar benimmt sich in letzter Zeit so merkwürdig«, stieß sie hervor.

»Aha!«, triumphierte Flippi.

»Wieso?«, empörte sich Oskar.

»Genau das ist ja der Punkt. Wieso?« Meine Mutter ging jetzt zum Frontalangriff über. »Du bist ganz reizend und aufmerksam, schenkst mir Blumen, erledigst alles im Haus, lädst mich zu Veranstaltungen ein«, zählte sie vorwurfsvoll auf.

»Ja, ich gebe mir eben Mühe.«

»Aber warum?«, jammerte meine Mutter auf.

»Weil Jojo gemeint hat, du wärst unglücklich!«

Jetzt hefteten sich alle Augen auf mich.

»Ich?! Aber das hab ich nie gesagt!«, verteidigte ich mich.

»Nicht direkt, aber du hast so komische Andeutungen gemacht«, meinte Oskar. »Neulich beim Frühstück. Du wolltest wissen, wie man erkennt, ob jemand unglücklich ist.«

»Ja«, fiel meine Mutter nun ein, »das hat sie mich auch gefragt. Da dachte ich, Oskar wäre unglücklich.«

»Meine Güte! Ich hab weder von Oskar noch von Mam gesprochen. Ich habe Sven gemeint.«

Oskar sah mich groß an, dann drehte er sich zu meiner Mutter. »Du bist nicht unglücklich?«

»Aber nein. – Und du bist auch nicht unglücklich?«

»Wieso sollte ich denn?«

Die beiden sahen sich verliebt an. Das war echt schlimmer als in Lucillas Schnulzenromanen!

Plötzlich drehte sich meine Mutter jäh zu mir. »Wieso willst du wissen, ob Sven unglücklich ist?«

»Och, nur so ...« Ich hoffte, damit davonzukommen.

Der Blick meiner Mutter verhieß etwas anderes.

»Ich habe mich nur mit Lucilla darüber unterhalten. Wir hatten unterschiedliche Auffassungen.«

»Und da ziehst du uns mit rein?«, schimpfte meine Mutter.

Ich sah Hilfe suchend zu Oskar.

Der lächelte, legte meiner Mutter begütigend die Hand auf den Arm und schüttelte unmerklich den Kopf.

Mir fiel etwas ein. »Deshalb wollte ich neulich auch ins Theater. Wenn wir also den Klassenausflug damit streichen könnten ...?«

»Aber ich habe schon Karten besorgt ...« Oskar sah enttäuscht aus.

»Die kannst du doch bestimmt zurückgeben.« Ich sah ihn flehentlich an.

Inzwischen hatte sich Flippi wieder gesetzt und arbeitete an ihrem Schokoladenpfannkuchen. Das zog die Aufmerksamkeit meiner Mutter auf sich. »Flippi, du glaubst doch nicht wirklich, dass du eine ganze Tafel Schokolade in diesen Pfannkuchen rollen kannst?« Ja, meine Mutter fand wieder zu ihrer alten Form zurück!

Flippi grinste kurz und fing dann an zu argumentieren. »Was soll ich sonst damit machen? Sie ist doch schon ganz angeschmolzen.«

»Das heißt noch lange nicht, dass du sie essen musst.«

»Ich kann sie unmöglich wieder einpacken und zurücklegen, so wie sie aussieht. Das wäre nicht okay den anderen Mitgliedern in diesem Haushalt gegenüber.«

»Ich glaube, die anderen Mitglieder in diesem Haushalt würden damit leben können.«

Ja, es war alles wieder beim Alten. Ich überlegte, ob ich es noch mal mit meinen Sternbildern versuchen sollte, als es an der Tür klingelte.

Flippi war sofort in Habtachtstellung. »Ich war es nicht und ich bin auch nicht zu sprechen.«

»Wieso?«, fragte meine Mutter scharf.

Flippi machte eine vage Handbewegung und zuckte die Schultern.

»Lasst mich doch erst mal nachschauen, wer es überhaupt ist«, schlug Oskar vor und machte sich auf den Weg zur Tür.

Wir anderen lauschten gespannt. Wobei ich eigentlich recht entspannt war. Diesmal war mir beim besten Willen nichts eingefallen, was ich getan haben könnte und weswegen sich jemand bei meiner Mutter beschweren sollte.

So ein reines Gewissen hatte was.

Flippi schien auch ziemlich locker, obwohl bei ihr eigentlich immer mehrere Sachen zur Debatte standen, die sie angestellt hatte. Aber sie kam prima damit klar. Bisher hatte sie sich immer aus allem rausreden können.

Nur meine Mutter machte einen sehr angespannten Eindruck. Dabei hatte noch nie jemand vor der Tür gestanden und sich über sie beschwert.

Wir hörten eine Begrüßung und einen verblüfften Oskar fragen: »Was machst du denn hier?«

»Na, man wird ja wohl noch seine Familie besuchen dürfen, oder?«, tönte es von der Haustür her.

Aha! Also Familie.

Meine Mutter sah uns fragend an. »Wisst ihr, ob uns jemand besuchen will?«

Flippi und ich zuckten die Schultern.

»Oskar scheint genauso überrascht zu sein«, versuchte ich sie zu beruhigen.

Sie nickte und sah nicht wirklich beruhigt aus.

Schritte näherten sich unserer Küche.

»Ich werde nicht mein Zimmer räumen«, zischte Flippi.

»Ich auch nicht«, schloss ich mich schnell an.

Meine Mutter winkte hektisch ab.

Und dann stand Oskar mit seiner Schwester in der Tür. Sie war sehr viel älter als er und zeichnete sich dadurch aus, dass sie die Kunst des Unglücklichseins beherrschte und eifrig darauf bedacht war, auch ihre Umwelt damit anzustecken. Oskar sah etwas überfordert aus.

»Hallo, Hedwig.« Meine Mutter stand auf und begrüßte sie. »Was für eine Überraschung!«

»Fängst du auch noch an?«

»Wie?« Meine Mutter sah Hilfe suchend zu Oskar. Der sprang wie immer ein. »Nein, wir freuen uns, dass du da bist, Hedwig! Wir sind nur überrascht. Du hast gar nichts gesagt.«

»Das war eine spontane Entscheidung.«

»Und wo ist Heinz?«, wollte meine Mutter wissen.

»Zu Hause!«, sagte sie bärbeißig. »Heißt das, ohne Heinz bin ich hier nicht willkommen?«

»Aber nein, im Gegenteil.«

»Ach? Was hast du denn gegen Heinz?«

Meine Mutter seufzte und sagte: »Nichts, ich mag Heinz, er ist ein toller Mann.«

»Tja, da stehst du aber alleine mit deiner Meinung.«

Meine Mutter gab auf, lächelte matt und sagte: »Wieso frühstückst du nicht erst mal mit uns? Jojo, hol doch mal ein Gedeck.«

»Du kannst meinen Platz haben, Tante Hedwig«, sagte ich, während ich aufstand, ihr einen Teller und eine Tasse holte. »Ich muss sowieso los. Meine beste Freundin Lucilla und ihr Freund haben heute eine Frühstücksaktion vor. Ich will sie mit Pfannkuchen überraschen.«

Valentin hatte gestern beiläufig mit Lucilla darüber gesprochen. Sie wollten im Park frühstücken. Tolle Idee.

Ich ließ mir von Oskar noch ein paar Pfannkuchen zum Mitnehmen machen und zog dann los.

Sonntag, 20. Juli, abends

Frühstück im Park ist wirklich 'ne witzige Sache. Das sollten wir öfter machen. Es war zunächst gar nicht so leicht, Valentin und Lucilla zu finden. Sie hatten sich ein wenig ab vom Hauptweg ein kleines Plätzchen unter einem Baum gesucht. Aber ich muss sagen, die Wahl war gut: ein echt schönes Fleckchen.

»Da habt ihr aber lange gesucht, bis ihr den Platz hier gefunden habt, was?«, rief ich fröhlich, als ich auf sie zuging. »War sicher gar nicht einfach.«

»Du hast ihn auch gefunden«, seufzte Valentin, aber Lucilla stupste ihn mit dem Ellenbogen an.

Ich lieferte meine Pfannkuchen ab und setzte mich zu den beiden auf eine Decke. Das war perfekt, ein perfekter Anfang für einen perfekten Tag.

Ohne Freund.

»Also ehrlich, diese ganze Beziehungsnummer wird völlig überschätzt«, erklärte ich den beiden. »Du hast nur Stress, musst dauernd zu Verabredungen, hast keine Zeit für deine Freunde. Nö, so ist das doch viel schöner!« Ich strahlte die beiden an und biss herzhaft in einen Pfannkuchen.

Valentin hielt mir eine Serviette hin.

Lucilla räusperte sich. »Jojo, wir *haben* eine Beziehung«, meinte sie und deutete auf Valentin und sie. Der nahm sie sofort in den Arm und drückte ihr einen Kuss auf die Stirn. Das Ganze hatte ein wenig etwas von *Vom Winde verweht*. Nur die Kostüme fehlten.

Ich winkte ab. »Ach, das ist okay«, sagte ich großzügig. »Ihr kommt da sicher auch noch dahinter.«

»Nein!«, riefen beide ganz empört wie aus einem Munde.

»Das will ich überhaupt nicht!«, sagte Lucilla mit Nachdruck und Valentin nahm sie noch fester und beschützender in den Arm.

»Schon gut, schon gut.« Meine Güte, waren die beiden empfindlich! Kaum zu glauben, dass ich auch mal so drauf war. Wobei, so war ich sicherlich nie drauf gewesen.

»Jojo, was hast du denn jetzt so vor?«, fragte Lucilla nach einer kleinen Pause.

»Ich schätze mal, noch einen Pfannkuchen schaffe ich nicht. Ich musste schon mit meiner Familie frühstücken, aber wir können gerne noch ein wenig hier herumhängen. Ist doch ein netter Platz.«

»Das meine ich nicht.« Lucilla schien nach den richtigen Worten zu suchen. »Ich dachte jetzt weniger an Pfannkuchen als vielmehr an all das, was kommt.«

»Du meinst mit meinem Leben?« Lucilla verwirrte mich.

»Na ja. Irgendwie könnte man das vielleicht so sagen.«

»Keine Ahnung, erst die Schule fertig machen und mal schauen, was bis dahin passiert ist. Ich schätze, es wird wohl nichts mit Mathe oder Physik zu tun haben.«

»Okay, das meinte ich so auch nicht.« Lucilla zögerte, dann brach es aus ihr heraus: »Jojo, du kannst doch nicht, bis du alt und grau bist, nur mit deiner besten Freundin rumhängen.«

Ich zuckte die Schultern. »Warten wir es doch einfach ab. Ich finde echt, es gibt Schlimmeres.«

Lucilla sah Valentin leidend an, der nahm einen Pfannkuchen und fütterte sie damit. Sie strahlte ihn an, nahm ihm den Pfannkuchen aus der Hand und fütterte ihn nun damit.

Ich fand das ein bisschen albern, aber was soll's? Während die beiden sich gegenseitig mit Oskars Pfannkuchen fütterten, lehnte ich mich zurück und fühlte mich einfach nur wohl.

Donnerstag, 24. Juli

Tante Hedwig war sowieso kein Sonnenscheinchen, sie war Meister darin, in jeder Suppe ein Haar zu finden, und wenn keins drin war, nörgelte sie eins rein. Aber bei diesem Besuch übertraf sie sich selbst. Das lag vor allem daran, dass Onkel Heinz nicht dabei war, der normalerweise ihre Übellaunigkeit abbekam und so als Puffer für uns diente.

Heute Morgen kam ich fröhlich und allerbester Laune in die Küche zum Frühstück, pfiff vor mich hin und begrüßte meine Familie.

»Na, du bist ja fröhlich! Das ist ja kaum zu ertragen«, brummelte Tante Hedwig. »Ich hab dich als

Personifizierung der schlechten Laune in Erinnerung.«

Ich lachte, schüttelte dann aber den Kopf. »Nein, das muss Flippi gewesen sein.«

»Nein, Flippi war die Personifizierung des kindlichen Ungehorsams.« Tante Hedwig warf einen Blick auf Flippis Frühstück, bestehend aus Erdnussflips auf einem Nutellabrot. »Und sie ist es jetzt noch.«

»Also ich weiß ja nicht, so kannst du das wirklich nicht sagen, Hedwig«, mischte sich meine Mutter ein. »Flippi ist nun mal ein sehr eigener Mensch. Mit eigenen Vorstellungen und einer eigenen Art, Dinge anzugehen. Eben ein Individualist. Und es sollte unser Ziel sein, Kinder zu einer eigenen Meinung zu ermuntern.«

Flippi hörte aufmerksam zu. Ich war mir sicher, sie machte sich gedanklich Notizen, um all das zu gegebener Zeit gegen meine Mutter zu verwenden. Es war aber auch purer Leichtsinn vonseiten meiner Mutter, so etwas vor Flippi zu sagen. Sie müsste es eigentlich besser wissen. Aber vermutlich war sie so in ihrem Stolz getroffen, dass es ihr einfach nicht bewusst war, welche Munition sie Flippi da zuspielte.

Die murmelte auch gerade die letzten Worte meiner Mutter vor sich hin und sah sehr konzentriert aus.

»Wenn du es so sehen willst«, winkte Tante Hedwig ab. »Aber sehr gesund ist das nicht.«

»Jemand noch ein Ei?«, sprang Oskar schnell in die Bresche.

»Ich nehme eins«, meldete ich mich. »Ich habe richtig Kohldampf. Das Schwimmen gestern Abend war richtig anstrengend. Und wir hatten superviel Spaß. Überhaupt ist in der letzten Zeit alles richtig toll.«

»Da steckt wohl ein Junge dahinter«, schimpfte Tante Hedwig und sah sehr säuerlich aus.

»Überhaupt nicht. Genau genommen sogar das absolute Gegenteil«, schmetterte ich fröhlich.

Damit schien ich Tante Hedwigs Interesse geweckt zu haben. »Wie das?«, wollte sie wissen. »Du warst nicht mit deinem Freund unterwegs?«

»Nein!« Ich schüttelte den Kopf. »Ich war mit meiner besten Freundin unterwegs. Allerdings war ihr Freund dabei, aber das war okay. Er ist echt nett.«

»Hm«, meinte Tante Hedwig.

»Ich habe mich nämlich von meinem Freund getrennt. Und das ist echt entspannend. Ich habe viel mehr Spaß, viel weniger Stress und mein Leben ist einfacher«, erklärte ich.

»Ach was?« Tante Hedwig sah mich nachdenklich an.

»Das ist nur eine Phase«, mischte sich meine Mutter ein. »Das wächst sich wieder aus.«

»Das solltest du dem Kind aber nicht einreden!«, sagte Tante Hedwig vorwurfsvoll.

»Bitte?«

»Wenn sie so glücklicher ist, dann gönne es ihr doch. Männer machen nur Ärger.«

Meine Mutter schnappte nach Luft.

»Ich könnte auch noch ein paar Waffeln machen?« Oskar gab sich Mühe, aber das Vermitteln bei Streitereien zwischen seiner Schwester und unserer Mutter gehörte nicht zu seinem Spezialgebiet.

Flippi sah auf. Vermutlich überlegte sie, ob das jetzt ein guter Augenblick wäre, um das Extrazimmer für ihre Schneckenfarm zu fordern. Sie holte kurz Luft, entschied sich dann aber doch anders und bestellte eine Waffel.

»Ich bin echt glücklich, seit ich keinen Freund mehr habe«, machte ich noch einmal meinen Standpunkt deutlich. »Ich muss nicht mehr versuchen, alles richtig zu machen, und dann all diese Sachen, die einen unendlich nerven, zum Beispiel wenn er wieder mal am falschen Treffpunkt wartet, er einfach die Zeit vergessen hat oder sein Hemd an der Kerze beim Italiener in Brand setzt.«

Tante Hedwig sah mich kurz verwirrt an, nickte dann aber. »Ja, so etwas kann sicher nerven«, gab sie zu. Anschließend wandte sie sich an Oskar. »Mit was für Jungs lasst ihr das Kind eigentlich rumlaufen?«

Bevor jemand darauf antworten konnte, stand Lucilla plötzlich in der Tür. »Sind das Waffeln, die ich da rieche?«, wollte sie wissen.

»Möchtest du welche?«, fragte Oskar, höflich wie immer.

»Vielleicht könnten Sie mir welche einpacken, wir kommen sonst zu spät?«

Oskar nickte und machte sich an die Waffelproduktion.

»Schließt ihr eure Tür nicht ab?« Tante Hedwig hatte ein neues Meckerthema gefunden. »Das ist wirklich sehr leichtsinnig. Da kann ja jeder x-Beliebige hier hereinschneien.«

»Oh, das ist okay, ich bin Lucilla, Jojos beste Freundin. Ich darf das«, antwortete Lucilla fröhlich.

»Ach, und die Einbrecher wissen, dass nur du das darfst und sie nicht?« Jetzt wurde Tante Hedwig auch noch sarkastisch.

Lucilla sah mich verwirrt an.

»Das ist meine Tante Hedwig«, stellte ich sie vor.

»Sag mal, Jojo, hast du für heute Mittag schon was geplant?«, wollte Lucilla wissen.

»Für meine beste Freundin habe ich immer Zeit.«

»Gut, den genauen Ort und die Zeit sage ich dir noch, sei pünktlich. Und … Jojo, zieh dir was Nettes an.« Sie überlegte. »Weißt du was, ich gehe mal eben hoch in dein Zimmer und leg dir was raus, okay? Wir treffen uns gleich draußen.«

Lucilla wartete die Antwort nicht ab, sondern ging, nachdem sie noch meiner Familie kurz zugewinkt hatte.

Donnerstag, 24. Juli, abends

Also Lucilla ist schon etwas wunderlich.

Als ich heute Nachmittag zum verabredeten Treffpunkt kam, saß sie mit einem wildfremden Jungen in der Eisdiele und redete eifrig auf ihn ein.

Ich nahm neben den beiden Platz und Lucilla stellte mir den Fremden als Gregor vor.

»Ah, hallo«, sagte ich nebenbei, während ich mich nach Valentin umsah.

Lucilla schubste mich an. »Du könntest ruhig ein wenig netter sein«, flüsterte sie mir zu.

»Was?«

Lucilla lehnte sich etwas zurück, sah mich auffordernd an und deutete mit dem Kopf leicht auf Gregor.

»Ähm, hi. Ich bin Jojo«, fing ich also pflichtschuldig an.

»Hallo«, sagte Gregor und lächelte mich an.

Ich ignorierte ihn und beugte mich vor zu Lucilla. »Also, worum geht's?«

Lucilla lächelte und sagte: »Gregor mag Spaziergänge im Mondschein.«

Gregor nickte eifrig und strahlte.

Dann sahen beide erwartungsvoll zu mir.

»Na prima«, sagte ich vage. Ich hatte echt keine Ahnung, was die beiden von mir erwarteten.

Lucilla beugte sich ganz nah zu mir und flüsterte vorwurfsvoll: »Ist das alles, was dir einfällt?«

»Wozu einfällt?«, fragte ich leise zurück.

»Er ist doch total süß!«, flüsterte sie erneut.

»Du findest ihn süß?«, wunderte ich mich so leise wie möglich.

»Ja, und romantisch!«, kam es wieder im Flüsterton von Lucilla.

Oha! Ich lehnte mich zurück und fragte überdeutlich laut und mit vorwurfsvollem Unterton: »Wo bleibt eigentlich Valentin?«

»Valentin? Wieso Valentin?« Lucilla sah mich etwas verwirrt an.

»Ich rede von *deinem Freund* Valentin«, sagte ich in Gregors Richtung.

»Ich weiß, dass Valentin mein Freund ist«, sagte Lucilla irritiert.

»Bist du da sicher?«, fasste ich nach. Ich wandte mich an Gregor. »Die beiden sind ein Traumpaar. Ehrlich, sie passen perfekt zusammen. Sie würden sich nie trennen oder so was«, klärte ich ihn auf.

»Das ist schön.« Gregor nickte und wirkte etwas ratlos.

»Gregor hat übrigens keine Freundin«, verriet mir Lucilla jetzt. »Stimmt's, Gregor?«

Der wurde rot und nickte.

»So wie Jojo keinen Freund hat«, fuhr Lucilla fort.

Ich starrte Lucilla an. Ach, darum ging es! Okay, das sollte ich jetzt abkürzen. Ich wandte mich an Gregor: »Jojo hat keinen Freund, weil Jojo keinen Freund haben will. Denn Jojo hat keine Lust mehr auf brennende Hemden, auf Abschiedsbriefe, die in Französischhausaufgaben auftauchen, auf Pizzas, die vor Haustüren liegen, na ja, und was Beziehungen sonst noch so mit sich bringen.«

Gregor riss verständnislos die Augen auf. »Wer ist Jojo?«, fragte er mich.

»*Ich* bin Jojo. Ich hab mich doch vorhin vorgestellt.«

Lucilla bemühte sich, Gregor meine Ausführungen zu erklären. »Jojo hat ein paar schlechte Erfahrungen mit ihrem früheren Freund gemacht!«

»Ähm, das tut mir leid«, meinte er höflich, hatte aber sichtlich das Interesse an unserem Gespräch verloren.

Lucilla wandte sich an Gregor und mich, sah uns abwechselnd an, während sie sagte: »Es muss ja nicht immer alles gleich auf Anhieb perfekt sein. Das ist extrem selten. Man muss einer Beziehung auch etwas Zeit geben. Man muss sich nur darauf einlassen und dann wundert man sich später, was da Tolles draus geworden ist.« Letzteres ging in meine Richtung.

Ich sah Lucilla ärgerlich an. »Oder aber man weiß von Anfang an, dass einer von beiden gar keine Beziehung möchte, und lässt es einfach.«

Gregor starrte Lucilla und mich nur noch panisch an. »Ich glaube, ich muss jetzt los«, presste er schließlich hervor, sprang auf und verließ fluchtartig die Eisdiele.

»Was war denn jetzt das?« Lucilla schüttelte den Kopf. »Also, Jojo, wirklich, ich gebe mir Mühe und suche jemand, der als Freund für dich infrage käme, und du vertreibst ihn wieder! Du kannst doch nicht für den Rest deines Lebens alleine durch die Welt laufen.«

»Aber ich hab doch dich!«

»Jojo, ich bin deine beste Freundin und natürlich bin ich immer für dich da. Vor allem in so einer schweren Zeit wie jetzt. Aber du bist immer mit Valentin und mir zusammen. Und deshalb dachte ich, ich suche dir einen netten Jungen, du verliebst dich in ihn und verbringst Zeit mit *ihm*.«

»Ach? Ihr wollt nicht mehr, dass ich dabei bin, wenn ihr euch trefft?«

»Aber nein! Ich dachte nur, es wäre doch auch nett, zu viert was zu unternehmen. Also, Valentin und ich und du und dein Freund.«

»Aber ich habe keinen Freund.«

»Eben.«

Nun war ich etwas verwirrt.

»Gregor ist echt nett …«, begann Lucilla erneut. Und sie klang vorwurfsvoll.

»Gregor mag ja nett sein, aber ich brauche keine Gregors …«

»Na schön, es gibt ja nicht nur Gregors. Und es wäre ja auch sehr unwahrscheinlich, wenn es beim ersten Mal schon geklappt hätte«, meinte Lucilla, sah mich aufmunternd an und tätschelte mir die Hand. »Gib die Hoffnung nicht auf!«

»Lucilla, ganz ehrlich, ich weiß es ja zu schätzen, danke, aber …«

»Nein, danke mir erst, wenn es geklappt hat«, wehrte sie ab.

Samstag, 26. Juli

Wie kann man jemandem etwas erklären, was der partout nicht hören will?

Lucilla wollte sich heute wieder dringend mit mir treffen. Und zwar direkt nach der Schule in einer Pizzeria. »Wir gehen aber nicht gemeinsam hin, wir treffen uns dort«, meinte sie.

Das hätte mich ja stutzig machen müssen. Hat es aber nicht.

Die Pizzeria hatte neu aufgemacht. Und bei meinem Problem, nur selten ein zweites Mal in ein Restaurant oder Café gehen zu dürfen (irgendwie passieren immer mal wieder kleinere Missgeschicke, die die Besitzer sehr ernst nehmen), ist so eine Neueröffnung immer interessant.

Das *Pisa* stellte sich als nettes kleines Restaurant heraus, das innen richtig gemütlich wirkte. Es war wohl noch nicht so die Pizzazeit, denn als ich reinging, war bis auf einen Tisch, an dem ein Junge in meinem Alter saß, alles leer. Von Lucilla war auch noch nichts zu sehen.

Der Junge sprang auf, als er mich erblickte, und strahlte. Vielleicht war es ihm ja peinlich, ganz alleine im Restaurant zu sitzen, und er freute sich, dass endlich ein weiterer Gast da war.

Ich schaute mich nach einem Platz um, als der Junge auf mich zukam. Er deutete eine kleine Verbeugung an und griff nach meiner Schultasche. »Hallo, darf ich?«, fragte er dabei.

Was sollte das denn werden? Ein höflicher Handtaschendieb?

Ich hielt geistesgegenwärtig meine Tasche fest. Wir rangelten ein wenig darum. Ich versuchte, möglichst wenig Aufsehen dabei zu erregen, weil ich nicht schon vor dem Hinsetzen Hausverbot bekommen wollte.

»Dahinten, das ist ein schöner Tisch«, fing er an, Konversation zu betreiben, während er weiter versuchte, mir die Schultasche aus der Hand zu ziehen.

»Das freut mich für dich, aber jetzt nimm die Pfoten von meiner Tasche«, fauchte ich ihn an. »Was soll das?«

Er ließ meine Tasche los und meinte: »Ein Kavalier nimmt einer Dame stets eine schwere Tasche ab und trägt sie für sie.«

»Okay ...« So langsam wurde mir der Typ unheimlich. Ich wünschte wirklich, Lucilla würde jetzt mal langsam auftauchen und mich vor ihm retten. »Hör zu, du setzt dich einfach wieder an deinen Tisch und wir vergessen die ganze Sache, ja?«

»Aber nur mit dir«, sagte er mit einem treuen Blick und griff wieder nach meiner Tasche.

»Also jetzt reicht es!« Ich holte aus und schlug ihm die Tasche auf den Arm.

»Ah, ich sehe, ihr habt euch schon bekannt gemacht ... Aber, Jojo, was tust du denn da?« Lucilla stand verblüfft hinter uns.

»Ich verteidige meine Tasche ...« Ich stutzte. Was

hatte sie da gerade gesagt? »Was war das mit *bekannt gemacht*?!«

Der Junge deutete wieder eine leichte Verbeugung an und strahlte. »Entschuldige, wie unaufmerksam von mir! Mein Name ist Thies.«

Ich starrte ihn verwirrt an. »Was wird das hier? Das Treffen der anonymen Taschendiebe?«

Thies lachte nervös und wandte sich dann an Lucilla. »Du hattest völlig recht. Sie ist witzig.«

»Das hast du gesagt?«

Lucilla zog mich leicht zur Seite. »Hätte ich sagen sollen, chaotisch mit einer Neigung, fremden Jungen die Tasche auf den Kopf zu hauen?«

»Auf den Arm!«, verbesserte ich. »Aber warum hast du überhaupt etwas gesagt?«

Lucilla ignorierte die Frage. »Okay, nachdem das nun geklärt ist – warum setzen wir uns nicht?«

»Gerne, wie wäre es mit diesem Tisch?« Thies deutete auf den Tisch, an dem er gesessen hatte. »Es sei denn natürlich, du möchtest lieber woanders sitzen?«, fragte er mich.

Ich überlegte. Normalerweise hatte ich nicht unbedingt die große Auswahl an Tischen. Meist kannte man mich und meinen Hang zu dummen Missgeschicken und setzte mich gleich an einen Tisch abseits oder in der Ecke oder beides zusammen.

Ich sah mich um.

»Nein, ihr gefällt der Tisch«, mischte sich Lucilla ein und schupste mich weiter.

Wir setzten uns. Thies schob mir eine Cola hin, die bereits auf dem Tisch stand. »Ich war so frei, dir schon mal eine Cola zu bestellen«, lächelte er. »Damit du nicht so lange warten musst.«

»Danke.« Ich nahm einen Schluck und verzog das Gesicht. »Dafür wartet die Cola wohl aber schon eine Weile, was? Die Kohlensäure hat sich auf alle Fälle schon verzogen.«

»Mist, daran hätte ich denken sollen!«, ärgerte sich Thies. »Ich bestelle dir eine neue.«

»Nein, lass mal, ist schon okay. Aber wie lange sitzt du denn schon hier?«

»Seit sie geöffnet haben.«

»Seit gestern?!«

»Nein, seit einer halben Stunde. Ich wollte nicht, dass du warten musst, falls du früher kommst.«

»Ist er nicht ein Schatz?«, warf Lucilla strahlend ein.

Thies nickte kurz dankbar in ihre Richtung.

»Hm.« Mir dämmerte natürlich, was hier lief. Ein erneuter Versuch einer Jojo-Verkupplung.

Der Kellner kam und Thies bestellte. »Eine Pizza mit Salami und ...«, hier kam er kurzfristig aus dem Konzept und musste verstohlen einen Zettel aus der Hosentasche ziehen, um daraufzuschielen, »... und doppelt Käse für die reizende junge Dame hier an meiner Seite.« Er strahlte mich an.

Lucilla machte hinter meinem Rücken ein Daumen-hoch-Zeichen in seine Richtung.

Dann bestellte Thies noch für sich und Lucilla.

»Jojo liebt Pizza«, eröffnete Lucilla das Gespräch, nachdem der Kellner wieder gegangen war.

»Ich weiß«, nickte Thies. »Mit Salami und doppelt Käse.«

»Manchmal darf auch noch der eine oder andere Pilz mit drauf«, ergänzte ich etwas böswillig. Warum, war mir selbst nicht so klar.

»Oh, soll ich die Bestellung ändern?« Thies war aufgesprungen.

Ich hielt ihn zurück. »Nein, das mit den Pilzen mag ich nur bei jeder dritten Pizza.«

»Aha.« Thies setzte sich wieder, zog einen Zettel aus der Tasche und kritzelte Notizen darauf.

Lucilla trat mich unter dem Tisch und machte Thies auffordernde Zeichen.

Ich stöhnte, spielte aber dann mit. »Du magst Pizza?«, fragte ich Thies ziemlich desinteressiert.

»Du magst sie, dann mag ich sie auch«, strahlte er mich an.

Ich ertappte mich bei dem Wunsch, Flippis Würgegeräusche nachzuahmen, die sie immer machte, wenn es um das Thema Liebe ging.

»Wie süß!«, schnulzte Lucilla.

Ich beschloss, das Ganze zu beenden, bevor es mir womöglich noch die Pizza verderben würde. »Also, ich weiß ja nicht, wie es euch so geht, aber ich finde Beziehungen völlig überflüssig«, klärte ich meinen Standpunkt.

»Du hast ja so recht«, schwärmte Thies, dann allerdings stutzte er und sah fragend zu Lucilla.

Die verdrehte die Augen und winkte ab. »Sie meint das nicht so.«

»Sie meint das genau so«, erklärte ich und sah Lucilla fest in die Augen.

»Jojo, du kannst das unmöglich so meinen.«

»Kann ich wohl.«

»Entschuldigt, könntet ihr euch einigen?«

Ich wandte mich Thies zu. »Ich weiß ja nicht, was Lucilla dir erzählt hat ...«

Er fischte seinen Zettel aus der Hosentasche.

»... und das ist jetzt auch nicht wichtig«, winkte ich schnell ab. »Wichtig ist: Ich möchte keinen Freund.« Das sagte ich jetzt in Lucillas Richtung.

»Tja, dann ...« Thies war aufgesprungen und stand noch etwas unschlüssig neben uns. Irgendwie tat er mir jetzt fast leid.

»Hör mal, das hat jetzt nichts mit dir zu tun. Echt nicht. Du musst nicht gehen, wir können trotzdem gerne noch eine Pizza zusammen essen«, bot ich an.

»Ach, nein. Ehrlich gesagt mag ich gar keine Pizza«, gestand er, verabschiedete sich und ging.

»Echt, Lucilla, das muss aufhören!«, stöhnte ich, als er weg war.

»Er hat sich superviel Mühe gegeben, das musst du zugeben.«

»Ja, aber es war echt nervig.«

»Ich weiß wirklich nicht, was du gegen ihn hast. Er ist doch süß und aufmerksam.« Sie überlegte. »Er hat mich sogar ein bisschen an Valentin erinnert.«

»Genau!«, triumphierte ich.

Lucilla sah mich verständnislos an. Hier war jetzt eine gute Erklärung nötig.

»Lucilla, Valentin ist nett und süß und perfekt für dich! Für dich! Nicht für mich. Ganz im Gegenteil!«

»Also kein Valentin. Hm ... na ja, wenn du meinst ...« Lucilla sah gedankenverloren aus.

Dann kam unsere Pizza. Und zwar drei Stück. Ich beschloss, die ganze Sache erst mal zu vergessen und einfach ein Pizzaessen mit meiner besten Freundin zu genießen.

Sonntag, 27. Juli

Unser Haus glich einem Kriegsgebiet. Jeder schlich herum und ging ständig in Deckung. Nach Möglichkeit hielten wir uns nur noch in Tante-Hedwig-freien Zonen auf. Sie hatte so eine grottenschlechte Laune, dass wir möglichst schnell die Flucht ergriffen, wenn sie auftauchte.

Heute Morgen misslang das allerdings völlig.

Wir hatten uns um sieben Uhr in der Küche verabredet und waren barfuß auf Zehenspitzen dort hingeschlichen, damit Tante Hedwig uns nicht hören würde. Wenigstens heute, am Sonntagmorgen, wollten wir eine kleine Tante-Hedwig-Verschnaufpause haben. Selbst Flippi, die sonst ja immer betont desinteressiert Familienaktivitäten gegenüberstand, war mit von der Partie.

Als wir alle in der Küche waren, machte Oskar schnell die Tür zu und meine Mutter legte sogar noch ein paar Geschirrtücher unten vor den Türspalt. Flüsternd überlegten wir, was Oskar zubereiten könnte, ohne von Tante Hedwig bemerkt zu werden.

»Also Toast fällt schon mal flach, da Flippi ja unbedingt einen Toaster haben wollte, der eine Melodie spielt, wenn er fertig ist«, bemerkte ich.

Flippi sah mich feindselig an. »Aber sonst pfeifst du immer mit!«

»Wo ist eigentlich der alte Toaster?«, wollte meine Mutter wissen.

»In meinem Bastelzimmer«, erklärte Oskar. Damit war die Sache mit dem Toast erledigt. Denn Oskars Bastelzimmer war jetzt Tante Hedwigs Zimmer.

»Wir könnten Brot über einer offenen Flamme rösten«, schlug Flippi begeistert vor.

»Und die ganze Küche abfackeln?«, fragte meine Mutter.

»Nein, das wäre eine schlechte Idee. Ich wäre nur für Toast rösten«, entgegnete Flippi ungerührt.

Meine Mutter wollte etwas entgegnen, aber Oskar und ich machten ganz schnell »Pssssst!«.

Flippi setzte ihr Siegerlächeln auf und meine Mutter atmete nur tief aus.

»Also alles, was in der Pfanne brutzelt, ist vielleicht keine so gute Idee. Das kann man im ganzen Haus riechen.«

»Wie wäre es mit Waffeln?«, schlug meine Mutter vor.

»Der Automat piept so laut«, erklärte ich.

»Haben wir eigentlich nur Geräte, die singen oder piepen?«, wunderte sich meine Mutter.

Ich zuckte die Schultern.

»Also mit dem Waffelautomaten habe ich nichts zu tun«, stellte Flippi fest. »Ich wollte den mit den Micky-Maus-Ohren.«

»Wer weiß, was der für einen Lärm gemacht hätte«, unkte ich.

Flippi versuchte, nach mir zu treten.

»Hört ihr wohl auf!«, fauchte uns meine Mutter im Flüsterton an. »Wollt ihr, dass Tante Hedwig wach wird?«

Das zog. Flippi und ich saßen mucksmäuschenstill am Tisch.

Oskar war ehrlich überfordert. Er war ein absoluter Künstler in der Küche. Vor allem was das Frühstück anbelangte. Aber unter den Kein-Lärm-kein-Geruch-Anforderungen war auch er etwas ratlos. »Wie wäre es mit ... Vollkornbrot?«

»Wow, super. Und dafür stehe ich mitten in der Nacht auf?!«, meckerte Flippi.

»Soll ich Tante Hedwig wecken?«, bot ich an.

»Schon gut, schon gut«, gab Flippi auf. »Darf ich wenigstens Cornflakes mit Milch essen oder ist es zu laut, wenn die Cornflakes in der Milch aufmatschen?«

Oskar fing an, alles aus dem Kühlschrank und aus den Schränken herauszusuchen, was man leise essen kann.

Es war so absurd, dass es schon wieder etwas hatte. Flippi schaffte es, eine neue Kreation aus einem aufgeweichten Keks, Kräuterquark, Honig und einer Gewürzgurke zu basteln.

Plötzlich flog die Küchentür auf und Tante Hedwig stand da. »Wusste doch, dass hier etwas los ist!«, meinte sie und setzte sich an den Tisch.

»Was hat uns verraten?«, wollte Flippi wissen. »War die Gewürzgurke zu knackig und du hast gehört, wie ich reingebissen habe?«

Tante Hedwig sah sie irritiert an. »Nein, es war zu leise. In diesem Haus ist es nie leise. Zu keiner Zeit.« Sie stutzte. »Und was heißt überhaupt verraten?«

»Ein kleiner Familienscherz«, warf Oskar schnell ein. »Nicht weiter wichtig.«

»Na, ihr bringt den Kindern ja einen merkwürdigen Humor bei«, meckerte Tante Hedwig. Dann sah sie sich um. »Was ist denn das für ein Frühstück? Gibt es nichts Ordentliches?«

Oskar seufzte.

»Okay, ich nehme einen Toast aus dem Fanfarentoaster, eine Waffel mit extralangem Piep, ein Spiegelei mit Speck und noch etwas, was richtig viel Lärm macht«, bestellte Flippi.

»Essen muss keinen Lärm machen, es muss schmecken«, brummte Tante Hedwig.

»Essen, das keinen Lärm macht, schmeckt nicht«, beharrte Flippi und fixierte Tante Hedwig.

Nach den Erfahrungen der letzten halbe Stunde konnte jeder von uns ihr sofort zustimmen.

Tante Hedwig setzte gerade zu einer Erwiderung an, als Oskar ihr eiligst eine Tasse hinstellte. »Kaffee, Hedwig?«

Sie sah in die Tasse. »Na, wenn du das Kaffee nennen willst! Ich kann ja noch die Schrammen auf dem Boden sehen.«

»Wenn du willst, mache ich dir einen stärkeren«, bot Oskar sofort an.

»Damit ich hier einen Herzkasper kriege?! Na, vielen Dank, du bist ja ein toller Bruder! Sag es doch einfach, wenn ich nicht willkommen bin.«

Tante Hedwig, wie sie leibt und lebt! Man kann es ihr einfach nicht recht machen. Ich verstand immer noch nicht, wieso sich Oskar dennoch so viel Mühe gibt. Er kennt doch seine Schwester.

»Ich glaube, wir bekommen heute wundervolles Wetter«, versuchte meine Mutter abzulenken.

»Ach ja?« Tante Hedwig schielte zum Fenster.

»Die Sonne scheint«, nickte meine Mutter.

»Weißt du eigentlich, wie schädlich Sonnenstrahlen sind? Schon mal den Begriff Ozonloch gehört?«

»Heute Mittag soll es zuziehen und sogar regnen«, warf Oskar ein.

Meine Mutter sah ihn dankbar an.

»Entsetzlich! Dann hocken wir hier alle zusammen im Haus, weil niemand rauswill«, beschwerte sich Tante Hedwig.

Wir verfielen erst mal alle in Schweigen.

Meine Mutter trank Unmengen von Tee, Oskar versuchte trotz allem, gute Laune zu verbreiten, und

Flippi hatte aus der Situation mal wieder Profit geschlagen. Als sie ein paarmal das Wort Killerschnecke fallen ließ und dabei erst Tante Hedwig, dann Oskar ansah, hatte Oskar sie beiseitegezogen und gefragt, was ihr Preis sei.

Sie wollte ein Schneckenpenthouse.

Oskar versprach, ihr eins zu bauen. Nachdem er noch Extraschneckenkraftfutter für ein halbes Jahr draufgelegt hatte, ließ sich Flippi darauf ein. Okay, dann würde es keinen bedauerlichen Unfall geben, der von einer Killerschnecke verursacht worden wäre.

Eigentlich fast schade. Aber der Gedanke an freischleimende Schnecken in unserem Haus war doch noch ein klein bisschen gruseliger als Tante Hedwig und ihr Gemecker.

Noch.

Mittwoch, 30. Juli

Heute haben wir endlich unseren letzten Schultag vor den Ferien hinter uns gebracht und ich war mit Lucilla verabredet. Brav stand ich an der Ecke, an die sie mich bestellt hatte, und wartete.

Meine Freundin kam angehechtet und sah sich suchend um. »Du bist alleine?«

Ich nickte. »Hätte ich jemanden mitbringen sollen?«

»Nein, schon gut, das erledige ich.« Sie stutzte. »Gibt es denn jemand?«, fragte sie hoffnungsvoll.

Ich winkte ab. »Nein, aber ich hätte den Postboten fragen können, der hat immer früh Schluss und ...«

»Magst du den Postboten?«, bohrte Lucilla ungerührt nach.

»Lucilla, bitte! Er ist mindestens achtzig und wenn er sich nicht an den Zäunen entlangtasten könnte, würde er keinen einzigen Briefkasten mehr finden, so blind ist er. – Das war ein Scherz.«

Lucilla zuckte die Schultern. »Ein Versuch war es wert. Aber du hast ja mich.«

»Meine Rede!«, strahlte ich sie an.

»Nein, so meine ich das nicht«, sagte sie schnell, blickte sich um und fing an, wild zu winken.

Ich blickte mich nun ebenfalls um, aber das Einzige, was ich sah, war ein langhaariger Typ, der langsam auf uns zuschlurfte.

Als er neben uns stand, hob er lässig die Hand. »Hi!« Dabei schob er seinen langen Pony zur Seite, um einen Blick auf uns zu werfen. Ob ihm gefiel, was er sah oder nicht, war nicht zu erkennen, denn er ließ daraufhin den Haarvorhang gleich wieder vor die Augen fallen. »Und, was geht?«, fragte er, während er sich cool an die Hauswand lehnte.

»Das würde ich auch gerne wissen!«, sagte ich mit Nachdruck und durchbohrte Lucilla mit Blicken. »Was geht?«, ahmte ich seinen Tonfall nach.

Der Typ schob wieder den Vorhang zur Seite und

musterte mich kurz. »Cool drauf«, meinte er dann und nickte, vermutlich zustimmend.

Lucilla ließ sich nicht aus der Ruhe bringen. »Ich wollte dir Joe vorstellen.«

»Joe«, echote der Vorhang. »Nur Joe. Hi.«

Ich widerstand der Versuchung, ihn darauf hinzuweisen, dass Lucilla sonst auch nichts gesagt hatte.

»Okay«, machte ich gedehnt und schnappte mir Lucillas Arm. »Entschuldige uns kurz, Joe«, schleuderte ich in Richtung der Haare und zog Lucilla zur Seite.

»Ist cool«, nickte er.

»Sag mir bitte, dass es nicht das ist, was ich denke, dass es ist!«, fauchte ich Lucilla leise an.

»Du verwirrst mich. Was meinst du denn, dass es ist?«

»Ein weiterer Versuch, mir einen Freund anzudrehen.«

»Okay, was hat mich verraten?«, strahlte sie mich an.

»So ziemlich alles. Aber der Typ ist ja wohl echt nicht dein Ernst?!«

»Du wolltest doch keinen Valentin, also habe ich jemanden gesucht, der so ziemlich das Gegenteil von Valentin ist.«

Ich stöhnte auf. »Lucilla, der Typ ist so ziemlich das Gegenteil von so ziemlich jedem, den man zum Freund haben will. Es ist der Antifreund schlechthin.«

»Er gefällt dir nicht?«

»Die Frage stellst du nicht wirklich!«

Lucilla wirkte verwirrt und überlegte kurz, was sie erwidern sollte.

Ich wartete die Antwort lieber nicht ab. »Dieser Typ ist der personifizierte Grund, keinen Freund haben zu wollen!«

»Jetzt bist du aber ein wenig hart. Lern ihn doch erst mal kennen!«

Ich wandte mich wieder an Joe. »Okay, Joe, war nett, dich kennengelernt zu haben, ich muss aber dann jetzt mal los.«

»Wir begleiten dich«, strahlte Lucilla neben mir.

»Ich muss aber…«, ich sah mich suchend um und deutete schließlich auf den Eingang neben uns, »… da rein!«

Lucilla las, was dort stand. »Du willst in die Volkshochschule?«

Hm, keine Ahnung. Ich hatte nur auf irgendein Haus, das groß und öffentlich aussah, gedeutet. Aber im Zweifel war alles besser, als mit Joe und seinen Haaren zu reden. »Ja, genau.« Ich nickte. »Also dann, man sieht sich!«

»Alles cool!«, stimmte Joe zu.

Lucilla sah mir etwas sauer hinterher, doch ich ließ mich nicht beirren und ging in das Gebäude. Irgendwie hatte ich ja gehofft, einfach durch einen Hinterausgang wieder verschwinden zu können. Aber den gab es leider nicht. Oder er war gut getarnt.

»Kann ich dir helfen?«, fragte die Dame, die am Empfang an einem Schreibtisch saß.

Ja, sie könnte, und zwar indem sie mich unter ihrem Schreibtisch verstecken würde. Aber das würde zu viele Erklärungen nach sich ziehen und ich hatte immer noch Bedenken, ob Lucilla mir nicht doch einfach folgen würde. »Ähm, ja, also ...«

»Bist du wegen der Schülernachhilfe hier?«, half sie mir.

Schülernachhilfe? Hm. Ich könnte Nachhilfe in Mathe brauchen. Ich zuckte unschlüssig die Schultern.

»Raum vier«, sagte sie und deutete in den Gang.

Oder ich würde einfach wieder gehen. Ein Blick zur Eingangstür hinter mir: Sie ging auf – das nahm mir die Entscheidung ab. Ich sauste auf Raum vier zu, riss die Tür auf und lehnte mich erst einmal erleichtert gegen sie, nachdem ich sie hinter mir geschlossen hatte.

Etwa fünfzig Augenpaare waren auf mich gerichtet.

»Hi«, sagte ich vage.

Ein Junge in meinem Alter, der gerade Zettel verteilt hatte, kam nun auf mich zu. »Bist du auf der Flucht?«

»Nein!«, rief ich empört. »Wie kommst du denn darauf?«

»Nur so 'ne Idee«, meinte er und grinste dabei leicht. »Du bist ja wohl nicht hier, um mitzuarbeiten.«

»Allerdings«, nickte ich heftig.

»Ach? Im Ernst? Was schwebt dir denn vor?«, fragte er etwas ungläubig.

Keine Ahnung, was mir vorschwebte. »Du brauchst auch Nachhilfe in Mathe?«, riet ich.

Er lachte. »Du bist witzig. Also ich bin Felix.«

»Hallo, Felix, ich bin Jojo«, stellte ich mich vor und lachte ebenfalls über meinen Witz, obwohl ich nicht wusste, was daran witzig sein sollte. Aber egal, wenn er so ein schlichtes Gemüt hatte und so leicht zu erheitern war, schön für ihn.

Er sah mich abwartend an.

»Was ist?«, fragte ich ihn. »Wo sind die Matheleute?«

Wir gingen zur Mathetruppe. Was mich etwas irritierte war, dass Felix und ich die Ältesten waren. Die anderen waren alle deutlich jünger, fünfte, sechste Klasse etwa.

»Okay, dann wollen wir mal weitermachen. Das hier ist Jojo«, stellte Felix mich vor. »Wenn ihr die Zettel gelesen habt, sagt ihr, was euch Probleme macht.«

Ich hätte es ja vorgezogen einfach zu warten, bis unser Nachhilfelehrer kam, aber bitte.

Die Kids erklärten nacheinander, womit sie Probleme hatten. Ich konnte sie echt gut verstehen. »Das habe ich auch nie kapiert«, stimmte ich einem kleinen Jungen zu.

Das brachte mir jetzt einen amüsierten Seitenblick von Felix und verblüffte Blicke von den Kindern ein.

Was hatten die denn?

Als die Kinder fertig waren, erklärte ich kurz, was wir in der Schule durchgenommen hatten und was ich nicht verstand.

Die Kinder verwirrte ich damit offensichtlich, Felix nickte anerkennend und flüsterte mir zu: »Guter Schachzug, Jojo. Aber trag nicht zu dick auf. Die Kids müssen schon noch denken, dass wir mehr Ahnung haben als sie.«

»Müssen sie?«, flüsterte ich verblüfft zurück.

»Klar, wenn wir sie unterrichten wollen, hilft das schon.«

»*Wir* wollen sie unterrichten?!« Ich hatte die Flüsterlautstärke meilenweit hinter mir gelassen.

Ein Murmeln setzte unter den Kindern ein.

Felix legte die Stirn in Falten, beschäftigte die Kinder und zog mich zur Seite.

»Jojo, zurück zu meiner Frage: Warum genau bist du hier?«

»Wegen der Nachhilfe?«

»Aber wohl nicht, um welche zu geben?«

»Nein. Ich brauche welche!«, stellte ich klar. »Ich war in den letzten Monaten sehr mit meinem Privatleben beschäftigt und da blieb wenig Zeit, mich auch noch um die Schule zu kümmern. Und da dachte ich, ich könnte die Ferien nutzen, um etwas aufzuholen. Besonders in Mathe.«

Felix sah mich an. »Soll das ein Witz sein?«

»Was soll denn das?« Jetzt regte er mich doch langsam etwas auf!

Er grinste, schüttelte den Kopf und meinte: »Das ist hier zwar etwas anders gedacht, aber setz dich mal zu den anderen, vielleicht kann ich dir helfen.«

»Sollen wir nicht warten, bis der Lehrer kommt?«

»*Ich* bin der Lehrer. Die Aktion heißt: Schüler geben Schülern Nachhilfe!«, klärte er mich auf.

»Ach was!«, machte ich. »Ist das erlaubt?«

Felix lachte und meinte: »Du bist wirklich witzig. Aber ich befürchte, das bist du unfreiwillig.« Und er lachte noch mehr.

Das fand ich jetzt nicht so nett. »Gehört das zu deinem Nachhilfeprogramm, Schüler auszulachen?«

Er schüttelte immer noch lachend den Kopf: »Normalerweise nicht, das ist ein Sonderservice, nur für dich. Also okay, setz dich.«

Ich nahm zwischen den Zwergen Platz und ließ mich von Felix in die Geheimnisse der Mathematik einweihen. Erstaunlich, wie viel ich in Mathe verpasst hatte, einige von den Kleinen waren echt schlauer als ich. Und das waren ja noch diejenigen, die Nachhilfe brauchten.

Ich war erschüttert über den Zustand meiner Mathekenntnisse.

Als die Stunde zu Ende war und die Kinder ihre Sachen zusammenpackten, sagte ich zu Felix: »Ich glaube, ich hab tatsächlich was gelernt.«

Felix sah mich an und grinste. »Ja, wie man sich vorsagen lässt und wie man abschreibt.«

»Also wenn du es gemerkt hast, war ich darin wohl auch nicht so gut. Aber ein paar Sachen hab ich jetzt echt kapiert. Es macht einen Unterschied, ob ein Lehrer versucht, einem das zu erklären, oder ein Schüler, also ein Leidensgenosse.«

Felix lachte. »Deshalb haben wir die Aktion ja ins Leben gerufen. Heute war der erste Tag.«
»Ich wusste gar nicht, dass es so etwas gibt.«
»Ja, das Gefühl hatte ich auch. Also wieso bist du nun wirklich hier?«
Ich überlegte kurz. Er war echt nett und nachdem er sich so viel Mühe gegeben hatte, dachte ich, ich lasse ihn ein wenig an Lucillas absurden Verkupplungsversuchen teilhaben. Also erzählte ich, dass ich mich von meinem Freund getrennt hatte und wie Lucilla ungeachtet der Tatsache, dass ich sehr zufrieden bin mit meinem Singlestatus, immer wieder versuchte, mich zu verkuppeln. Und ich deshalb hierhergeflüchtet war.
Felix schüttelte ungläubig den Kopf. »Du plagst dich also lieber mit Mathe rum, als Jungs kennenzulernen?«
Ich nickte.
»Na, dann kannst du ja regelmäßig hierherkommen, hier ist 'ne jungsfreie Zone.«
Ich sah ihn an.
»Ich zähle nicht«, meinte er schnell. »Ich bin neutral. Wie die Schweiz.«
»Okay.«
»Die Nachhilfeaktion findet dreimal die Woche statt, während der gesamten Ferien.«
»Ich weiß nicht, es fühlt sich doch ein bisschen komisch an, so zwischen den Kleinen.«
Felix lachte »Nein, ich meinte eigentlich, du könntest kommen, um den Kids zu helfen. Je mehr Nach-

hilfelehrer wir haben, desto kleiner die Lerngruppen.«

Ich sah ihn skeptisch an. »Du hast doch eben selbst gesehen, wie schwach ich in Mathe bin.«

»O Gott, natürlich nicht Mathe!«, rief er.

»Na danke.«

»Gern geschehen. Aber bestimmt gibt es ein Fach, in dem du gut bist.«

»Kaum.«

»Kann nicht sein.«

»Na ja, Deutsch geht einigermaßen.«

»Gut, dann hilfst du den Kindern, die in Deutsch schwach sind. Das kriegst du schon hin, die sind doch drei Klassen unter dir.«

»Ich weiß nicht.«

»Probier es doch einfach.« Er lächelte mich an.

»Okay, ich überlege es mir«, versprach ich ihm.

»Gut«, freute er sich. »Soll ich nachschauen, ob die Luft rein ist?«

»Wie?«

»Na, meinst du, deine Freundin steht da draußen mit einem neuen Schwung möglicher Kandidaten?«

Ich dachte nach. Dieser Felix war echt nett. Dann lächelte ich. »Vielleicht wär's doch ganz gut, wenn ich Begleitschutz hätte.«

»Wo willst du denn jetzt hin?«

»Eisdiele?«

Er nickte. »Ich komm mit und ich überleg mir ein paar mathematische Textaufgaben, die mit Eiskugeln, spezifischem Gewicht und der Umdrehungszahl von Eismolekülen zu tun haben.«

»Klingt lecker.«

In der Eisdiele mit Felix war es total entspannt und lustig. Ist schon prima, wenn man völlig stressfrei mit einem Jungen was unternehmen kann, also ohne diesen ganzen Beziehungsmurks.

Und Felix hat echt ein gutes Reaktionsvermögen. Zweimal hat er meinen Eisbecher vor dem Umfallen bewahrt. Dann gab er mir noch den Tipp, ihn doch in die Mitte des Tisches zu stellen, statt so knapp an die Tischkante und in Reichweite meines Ellenbogens. Und siehe da, es war mir möglich, unfallfrei Eis zu essen. Es war zwar etwas umständlich, immer zur Mitte des Tisches zu greifen, den Becher in die Hand zu nehmen und ihn, nachdem ich einen Löffel voll genommen hatte, wieder weit weg von mir zu stellen, aber es hat funktioniert.

Als wir uns verabschiedeten, kam er dann noch mal auf die Nachhilfesache zu sprechen und meinte, ich solle es zumindest probieren. Vielleicht würde es mir ja Spaß machen.

Hm, ich als Nachhilfelehrer. Hatte was.

Ich versprach, ernsthaft darüber nachzudenken.

»Dreimal die Woche, Montag, Mittwoch, Freitag. Drei Uhr. Schreib dir die Termine auf«, sagte er.

»Wie aufschreiben?«

»Na, in deinen Terminkalender.«

Da musste ich echt lachen. »Terminkalender?«

»Du hast keinen?«, erriet er.

Ich schüttelte immer noch lachend den Kopf.
»Und wie hältst du Termine ein?«, fragte er.
»Ich versuche, daran zu denken.«
»Und das gelingt dir immer?«
»Nein, aber ziemlich oft.«
Dieser Felix war ja witzig. Terminkalender!

Samstag, 2. August

Meine Mutter hatte heute Dienst im Theater und musste mittags weg. Vorher hatten wir noch zusammen gegessen. Eigentlich wollten Flippi und ich das Mittagessen lieber in unseren Zimmern zu uns nehmen, aber Oskar meinte, dass es wichtig sei, dass eine Familie zusammen esse. Egal unter welchen Umständen. Okay, bei dem letzten Satz mit den Umständen schluckte er ein wenig, aber er blieb trotzdem dabei.

Oskar hat schon ein paarmal versucht, Onkel Heinz anzurufen, ihn aber nie erreicht. Also hat er eine Nachricht auf dem Anrufbeantworter hinterlassen und Onkel Heinz hat im Theater angerufen und Oskar ausrichten lassen, Tante Hedwig habe ja sicher schon alles erzählt und er habe dazu nichts weiter zu sagen.

Also startete Oskar den Versuch, ganz sanft bei Tante Hedwig herauszufinden, was denn los sei. Aber sie wurde nur noch übelgelaunter und meinte beleidigt, er könne ruhig sagen, wenn sie nicht willkommen sei und wieder gehen solle.

Daraufhin gab Oskar es auf, von ihr eine Antwort zu bekommen.

Und wir übten uns im Schlechte-Laune-Ignorieren.

Ich hatte inzwischen über ein Engagement bei der Schülernachhilfe nachgedacht und fand die Idee wirklich nicht schlecht.

»Ich werde vielleicht Nachhilfe geben«, verkündete ich während des Essens.

»Nehmen, meinst du«, verbesserte mich Flippi. »Ich hätte Mittwochnachmittag Zeit. Was bietest du?«

»Nichts und ich meinte *geben*.«

Oskar und meine Mutter sahen mich verblüfft an.

Flippi brach in schallendes Gelächter aus. »Das ist gut«, prustete sie und schlug auf den Tisch.

»Mam!« Ich sah beleidigt zu meiner Mutter.

»Äh … ja, sicher, Schätzchen. Flippi, wie wäre es noch mit einem Eis?«

Na toll, wieder mal typisch. Flippi benimmt sich völlig daneben und wird noch belohnt.

»Das ist wirklich sehr schön, Jojo, aber wie kommst du denn darauf?«, wollte meine Mutter von mir wissen.

»Ich war neulich zufällig in der Volkshochschule und die geben da Kurse für kleinere Kinder, die Probleme in der Schule haben. Ich dachte, ich mache da vielleicht mit«, erklärte ich.

»Schaffen das die Lehrer nicht mehr selbst? Müssen jetzt Schüler Schüler unterrichten?«, meckerte Tante Hedwig. »Was ist das denn für eine Schule?!«

»Findest du das eigentlich fair?«, mischte sich Flippi mit vollem Munde ein. »Ich meine, wenn sie schon Probleme haben, wie du sagst, solltest du sie wirklich in Ruhe lassen.«

»Ich finde das sehr lobenswert«, meldete sich Oskar zu Wort und lächelte mich an. »Weißt du schon, in welchem Fach du Nachhilfe geben willst?«

»Im Chaosverbreiten und Fettnapftreten«, kam es aus Flippis Richtung.

»Oder im Krötenvermöbeln – also pass lieber auf!«

»Ach ja?! Pass du lieber auf!« Flippi ging in Kampfhaltung.

»Geht das bei euch immer so zu?«, empörte sich Tante Hedwig.

»Kinder, hört auf. Könnt ihr nicht ein Mal Ruhe geben?!«, jaulte meine Mutter.

Oskar wechselte schnell das Thema. »Wenn du möchtest, kümmere ich mich heute um Flippi und ihre neuen Schuhe«, bot Oskar an.

»Das macht dir nichts aus?«, fragte meine Mutter.

»Glaub nicht, dass das einfach wird«, unkte Flippi.

»Nein, mach ich gerne«, antwortete Oskar in Richtung meiner Mutter und »Ja, das weiß ich« in Flippis Richtung.

Mit Flippi Klamotten oder Schuhe einkaufen zu gehen war immer eine echte Herausforderung. Sie hatte ihre eigenen Vorstellungen über Passform und

Belastbarkeit der Sachen. Das hatte schon so manchen Verkäufer zum Kündigen gebracht.

»Am besten, wir gehen jetzt gleich, dann kann ich auch noch bei der Reinigung vorbeifahren und was abholen«, schlug Oskar vor.

Meine Mutter lächelte ihm dankbar zu. Und das war sie wirklich.

Wegen Kindern wie Flippi wurde der Versandhandel erfunden. Deshalb konnte ich es auch kaum glauben, was als Nächstes passierte.

»Kann ich mitkommen?« Das war tatsächlich ich. Und ich meinte es ernst. Die Vorstellung, mit Tante Hedwig alleine zu bleiben, ließ selbst einen Einkaufsbummel mit Flippi wie einen Strandspaziergang erscheinen. Okay, wie einen Strandspaziergang mit meterhohen Wellen. Trotzdem, ich wollte mit.

Oskar sah mich zunächst ziemlich verwirrt an, schließlich aber verstand er. »Klar, wenn du möchtest, gerne.« Dann wandte er sich an meine Mutter. »Isolde, du musst los. Du bist schon spät dran!«

»Wie?« Meine Mutter sah auf die Uhr. »Ja, du hast recht. Dann bis später! Flippi, benimm dich und hör auf Oskar.«

Flippi winkte lässig ab.

»Okay, Mädels, macht euch fertig, wir fahren gleich«, sagte Oskar und sah mich und Flippi auffordernd an.

Flippi stand auf, ging zum Schrank und steckte sich noch ein paar Gummibärchen und Waffeln in die Jackentasche. »Ich bin fertig«, erklärte sie.

In neuer Rekordzeit hatten wir die Küche verlassen. Erst im Auto fiel mir auf, dass ich noch meine Hausschuhe anhatte. »Ähm, Oskar, ich glaube, ich brauche auch Schuhe.«

Flippi sah auf meine Füße und bekam einen Lachanfall. Dann fing sie sich wieder und setzte ein finsteres Gesicht auf. »Du lässt dich aber nicht mit mir blicken.«

»Meinst du im Ernst, da lege ich Wert drauf?«

»Mädels, bitte!« Oskar klang gequält. Er litt wirklich sehr unter der gegenwärtigen Situation.

»Gibt's was Neues von der Front?«, fragte ich.

»Von Heinz habe ich nichts mehr gehört. Ich habe ihm zwar noch ein paarmal auf den Anrufbeantworter gesprochen, aber seit dem Anruf im Theater hat er sich nicht mehr gemeldet. Und Hedwig, na ja, ihr wisst ja selbst. Ich schätze, die beiden haben sich gestritten und jetzt redet keiner mit keinem. Aber irgendwas muss passieren. Habt ihr 'ne Idee?«

»Hm, verstehe …« Flippi rieb sich das Kinn. »Kidnapping würde für Ruhe sorgen …«

»Du willst Tante Hedwig kidnappen?!«, fragte ich interessiert.

»Okay, vielleicht können wir mit einem Plan anfangen, in dem nicht das Wort kidnappen vorkommt?«, schlug Oskar schnell vor.

»Jojo, mach dich nützlich«, forderte mich Flippi auf. »Kennst du ein anderes Wort für kidnappen?«

Bevor ich anfangen konnte nachzudenken, griff Oskar ein. »Nein, ich meinte, kidnappen oder etwas

Ähnliches kommt nicht infrage, Flippi. Ich möchte bloß, dass sie wieder abreist.«

»Tja, das macht es natürlich etwas schwieriger.« Flippi dachte einen Moment nach. »Okay, ich lass mir etwas einfallen.«

Oskar schien etwas unsicher. »Aber ich will vorher wissen, was du vorhast. Und bitte nichts, was vor dem Gesetz als Straftat gilt. Sie ist meine Schwester. Stell dir einfach vor, du würdest für deine Schwester ...« Hier brach Oskar ab und hüstelte verlegen. »Also, was ich meine, ist: Sie soll nicht irgendwie zu Schaden kommen und hinterher noch mit mir reden, okay? Man müsste es nur schaffen, die beiden irgendwie zu versöhnen, auch wenn man nicht weiß, worum es geht.«

Flippi nickte. »Wenn du drauf bestehst, aber das wird dann ...«

»... teurer«, vervollständigte Oskar. »Schon klar, geht in Ordnung.«

Wir waren am Schuhgeschäft angekommen. Ich huschte schnell hinein. Die Verkäuferin zögerte kurz und führte mich dann in die Hausschuhabteilung.

»Nein, die habe ich ja schon. Ich brauche richtige Schuhe«, klärte ich sie auf.

Ich beeilte mich, mit meinem Schuhkauf fertig zu werden, damit ich schnell wieder den Laden verlassen konnte und nicht dabei sein musste, wenn Flippi die Nerven von arglosen Schuhverkäuferinnen strapazierte. Ich spazierte auf und ab, bis ich durchs Schaufenster erkennen konnte, dass Oskar und

Flippi sich in der Endrunde befanden, ohne dass nennenswerte Schäden im Schuhgeschäft zu vermelden waren. Ich ging wieder zu ihnen.

»Okay, ich nehme die«, erklärte Flippi und deutete auf ein paar Turnschuhe. »Und dann brauche ich noch ein paar Glitzerstifte, mit denen ich dann Schnecken auf die Schuhe malen kann.«

»Oskar, wenn du erlaubst, dass sie die neuen Schuhe gleich wieder einwutzt, hast du nicht nur ein Problem mit einer schlecht gelaunten Tante Hedwig, sondern auch noch mit einer schlecht gelaunten Ehefrau«, warnte ich.

»Was heißt hier einwutzen? Die Dinger werden so echt wertvoll.«

Oskar zuckte die Schultern und kaufte die Schuhe.

Wenn man sich nur unmöglich genug benahm, bekam man wirklich alles, was man wollte.

Montag, 4. August

Heute hatte ich Lucilla zu einem Treffen im Eiscafé bestellt. Sie hatte mir nämlich von einem gaaanz süßen Freund von Valentin berichtet, der keine Freundin hat und ihrer Meinung nach meinen Anforderungen entsprechen würde. Ich musste ihr schonend, aber unmissverständlich beibringen, dass sie mir keinen Freund aussuchen sollte. Und damit sie heute nicht auch gleich wieder einen potenziellen Typ im

Schlepptau haben würde, hatte ich ihr sehr kurzfristig Bescheid gesagt.

Lucilla kam atemlos angerannt.

Okay, etwas sehr kurzfristig.

»Was ist los?«, keuchte sie. »Ich bin so schnell gekommen, wie ich konnte.«

Gut, vielleicht hatte ich es auch ein wenig zu dramatisch gemacht. Aber ich wollte einfach kein Risiko eingehen.

»Das ist schön, danke!«, lächelte ich sie an und schob ihr einen Milchshake zu.

Sie nahm einen Schluck, fächelte sich Luft zu und kam langsam wieder zu Atem. »Also, um was für eine Katastrophe geht es?«

»Na ja, Katastrophe ist vielleicht übertrieben. Außerdem bist du ja rechtzeitig gekommen und es gibt keine Katastrophe.«

Lucilla fixierte mich. »Jojo, worum geht es?«

»Eigentlich um die Katastrophe vom letzten Mal.«

Lucilla sah mich verwirrt an.

»Die Katastrophe hieß Joe«, half ich ihr auf die Sprünge.

»Und dafür lässt du mich durch die Gegend rasen?«, empörte sie sich.

»Ich wollte sichergehen, dass du nicht wieder jemanden anschleppst, den du unterwegs triffst.«

»Erstens hatte ich Joe nicht einfach unterwegs angesprochen, sondern vorher sorgfältig ausgewählt. Du wolltest das Gegenteil von Valentin und das hast du bekommen«, sagte sie spitz.

Ich stöhnte.

»Und zweitens solltest du mir dankbar sein. Spätestens jetzt in den Ferien brauchst du dringend einen Freund.«

»Wofür?«

»Um dich mit ihm zu treffen und mit ihm Zeit zu verbringen. Oder um ihn zu vermissen, wenn er wegfährt.«

»Ich brauche einen Freund, um ihn zu vermissen? Da ist es doch wesentlich besser, ich habe keinen Freund, dann kann ich mir auch das Vermissen sparen.«

»Meine Güte, bist du unromantisch!«

»Ehrlich, Lucilla, wenn ich erst mal dringend jemanden vermissen muss, nur damit ich mich nicht langweile, dann läuft sowieso etwas gründlich schief in meinem Leben.«

»Du hast den tieferen Sinn nicht verstanden ...«

Ich seufzte.

Lucilla probierte es mit einem anderen Ansatz: »Aber was willst du mit deiner vielen freien Zeit machen? Es sind Ferien!«

»Ich könnte mir ein Hobby suchen.«

»Jojo, bitte, bleib ernst. Du und ein Hobby. Als Nächstes erzählst du mir wohl noch, du fängst an, Sport zu treiben!« Lucilla kicherte.

Ich war ein klein wenig beleidigt. Aber insgeheim musste ich ihr recht geben. Ich und Sport war wirklich nicht so ganz etwas, was man zusammenbringen sollte. Ich hatte es ein paarmal probiert, aber es endete meist damit, dass ich hochkant aus dem Sportverein flog und ein Verbot auf Lebenszeit bekam. Also dafür war ich wirklich nicht so geeignet.

Aber ein Hobby müsste ich doch hinkriegen. Mir fiel zwar so schnell jetzt auch keins ein, aber es gab bestimmt etwas. Da musste ich plötzlich an die Nachhilfe denken. He, das war sogar noch viel besser als ein Hobby! »Meine Zeit ist ausgefüllt«, erklärte ich möglichst lässig. »Ich gebe in der Volkshochschule Nachhilfe.«

»Du *nimmst* Nachhilfe«, verbesserte mich Lucilla.

»Ich *gebe* Nachhilfe«, sagte ich mit Nachdruck. Himmel, was hatten die Leute denn nur?! »Es gibt da eine Ferienaktion: Schüler geben Schülern Nachhilfe.«

»Wem willst du etwas beibringen? Und vor allem was?«

»Kindern in Flippis Alter, und zwar Deutsch.«

Lucilla sah mich ziemlich baff an.

»Das ist eine echt tolle Sache. Ich bin da letzte Woche zufällig reingeraten.«

»Zufällig? Du bist da einfach reinspaziert und hast den Kindern Deutsch beigebracht?«

»Nein, ich bin da einfach reinspaziert und habe mir Mathe beibringen lassen.«

Lucilla wirkte etwas verwirrt.

Ich winkte ab. »Lange Geschichte. Jedenfalls hat man mich gefragt, ob ich nicht Nachhilfe geben will.«

»Ahaaa?!« Lucilla schien nicht so ganz zu wissen,

was sie von der Sache halten sollte. »Und wann findet das statt?«

»Ähm, zweimal die Woche. Nee, dreimal. Montag, Mittwoch, Freitag.«

»Heute *ist* Montag!«

Murks! Dann hatte ich den Freitag schon mal vergessen. Ist doch aber auch kein Wunder, bei dem Stress, den ich zu Hause mit Tante Hedwig habe. Es ist ihre Schuld. Aber heute konnte ich hingehen. Leider wusste ich nicht mehr, wann es anfing.

»Wie viel Uhr ist es?«, fragte ich Lucilla.

»Gleich zwei.«

Ich überlegte. Zwei Uhr ist keine übliche Anfangszeit für irgendwas. Halb drei oder drei klingt besser. Ich entschied mich für halb drei und entspannte mich. »Dann hab ich noch 'ne gute halbe Stunde. Dann muss ich zur Nachhilfe.«

»Und du meinst nicht, dass ein Freund die bessere Alternative wäre? Ich meine, statt Nachhilfe?«, versuchte sie es erneut.

»Nein!«

»Hm.«

»Also sind wir uns einig? Du hörst auf, einen Freund für mich zu suchen! Versprich es«, sagte ich und hielt Lucilla die Hand hin.

»Nicht so schnell.« Sie setzte sich sicherheitshalber auf ihre Hände.

»Aber wenn ich den ultimativen Traumtyp treffen würde. Also für dich, versteht sich, ich habe ja meinen Traumtyp schon gefunden ...« Hier verstummte sie einen Moment und starrte mit verklärtem Blick in die Ferne.

Ich ließ sie noch ein wenig schwelgen oder telepathieren oder was immer sie sonst zu tun pflegte, wenn sie in diesen Valentin-Verzückungszustand verfiel, und formulierte im Geiste schon mal meine Forderungen.

»Nein. Keine Traumtypen, keine Valentins und auch keine Anti-Valentins mehr. Und auch keinen Freund von Valentin!«

»Aber der ist echt nett. Ich hab ihn kennengelernt! Ihr würdet perfekt zusammenpassen.«

Ich schüttelte energisch den Kopf.

Lucilla sah ziemlich gequält aus. Dann schluckte sie. »Wenn du darauf bestehst und damit glücklich bist ...«

Ich nickte heftig.

»Aber sobald sich etwas ändert, sagst du mir Bescheid und ich gehe wieder auf die Suche, okay?«

Hoffnung machte sich in ihren Augen breit.

»Das wird zwar nicht passieren, aber okay, wenn, bist du die Erste, die es erfährt.« Sie brauchte einfach einen Strohhalm, das war ich ihr schuldig.

Sie strahlte mich dankbar an und wurde gleich wieder ganz eifrig. »Okay, gut. Dann lass uns doch mal schauen. Also nur rein hypothetisch, wir nehmen an, du würdest dich für eine Beziehung interessieren, wer hier im Café käme infrage?«

»Lucilla!«

»Ich sagte doch hypothetisch.«

»Lucilla!«

»Was denn?! Ich schleppe ja niemanden an. Ich will nur den Markt im Auge behalten. Für alle Fälle. Man muss informiert sein.«

Ich seufzte. Vielleicht war es wirklich zu viel verlangt von Lucilla, dass sie sich mit einem freundlosen Leben abfinden sollte. Und sei es auch nur für mich.

»Lucilla, hier im Café sind im Moment nur der neunzigjährige Besitzer und sein fünfjähriger Urenkel.«

Sie sah sich um. »Du hast recht. Los, komm, wir setzen uns ans Fenster.« Damit stand sie auf, schnappte sich unsere Getränke und suchte einen Platz mit Blick nach draußen. Sie deutete auf die Straße. »Also, Jojo, sag schon, wer würde dich interessieren? Rein hypothetisch.«

Okay, dieses Wort würde ich in der nächsten Zeit wohl sehr oft hören.

»Rein hypothetisch muss ich jetzt zur Nachhilfe. Und praktisch auch«, meinte ich und stand auf. Das mit der Nachhilfe war echt gut, es bewahrte mich davor, eine endlose Parade möglicher Kandidaten mit Lucilla durchzusprechen. Um Lucilla zu trösten, versprach ich: »Aber ich halte die Augen offen. Wenn ich den perfekten Typ treffe, sag ich es dir und du darfst mich mit ihm verkuppeln. Okay?«

Lucilla nickte dankbar.

Punkt halb drei stand ich vor Raum vier der Volkshochschule. Die Tür war zu. Ich lief zurück zur Empfangsdame und erkundigte mich, wann die Nachhilfe beginnt.

»Drei Uhr«, sagte sie.

»Prima, dann bin ich ja pünktlich!«, rief ich hocherfreut.

»Genau genommen bist du zu früh«, sagte eine Stimme hinter mir. Felix war gerade hereingekommen.

»Nein, zu früh sein bedeutet, dass man rechtzeitig da ist, wenn es losgeht, und das gilt für mich als pünktlich!«, erläuterte ich ihm.

Er lachte. »Du hast ja 'ne interessante Sicht auf die Dinge.«

Ich zuckte die Schultern, weil ich nicht so genau wusste, wie er das meinte.

»Und wie erklärst du, dass du am Freitag überhaupt nicht da warst?«, fragte er grinsend. »Fällt das wenigstens unter *zu spät?*«

»Nee, eher unter *leider vergessen*. Sorry.«

»Wenn ich jetzt noch mal das Wort Terminkalender ausspreche, lachst du dann wieder?«

»Na, zumindest nicht mehr so laut. Vielleicht ist ein Terminkalender doch eine ganz gute Erfindung ...«, gab ich zu.

Felix lächelte mich an. »Wenn der Unterricht vorbei ist, kümmern wir uns drum.« Dann fragte er ernst: »Du hast doch vor, ab jetzt regelmäßig zu kommen?«

»Mehr denn je«, nickte ich. Die Alternative war, Jungs, die Lucilla für mich anschleppte, abzulehnen.

»Du kannst schon gleich mit mir mitgehen. Ich bin früher gekommen, weil ich noch ein paar Sachen an der Tafel vorbereiten muss.«

Während Felix an die Tafel mathematische Formeln und ein paar Aufgaben schrieb, die er mit kleinen, witzigen Zeichnungen versah, wollte er wissen: »Bleibt es dabei, dass du bei der Deutschnachhilfe mitarbeitest?

»Ja. Da bin ich ganz gut und außerdem bin ich theatervorbelastet.«

»Spielst du Theater?«

»Nein, meine Eltern arbeiten im Theater. Da bleibt dann doch was hängen, egal wie sehr man sich dagegen wehrt. Selbst meine kleine Schwester Flippi baut auf ihrem Frühstücksbrötchen gelegentlich mit Gummibären eine Theaterbühne nach. Allerdings finden ihre Darsteller immer ein sehr grausiges Ende.«

»Klingt nach einer ganzen Menge Spaß bei euch zu Hause.«

»Eine Menge Chaos würde es besser treffen«, seufzte ich. »Vor allem mit dieser Kröte.«

»Dein Haustier?«

»Nein, meine kleine Schwester. Haustiere, das wären höchstens die Schnecken, die meine Schwester züchtet.«

Felix verzog kurz das Gesicht. »Ist nicht dein Ernst.«

»Doch. Sie liebt die Viecher, züchtet sie und hält sie als eine Art Schoßtiere. Neulich hat sie versucht, ihnen das Apportieren beizubringen. Sie sollten Erdnüsse zurückbringen. Hat aber nicht geklappt.«

»Waren die Erdnüsse gesalzen?«

»Keine Ahnung, ich nehme an. Wir haben nur gesalzene im Haus«, antwortete ich verblüfft.

»Na, dann ist es kein Wunder, es lag am Salz. Salz entzieht den Schnecken Feuchtigkeit und sie trocknen aus. Also meiden die Schnecken Salz.«

»Ähm«, machte ich verblüfft. War das witzig gemeint oder war Felix doch etwas merkwürdig? Oder wusste er einfach alles? War er womöglich eins von diesen Superhirnen? So ein Streber?

»Auf welche Schule gehst du eigentlich?«, fragte ich, weil das immer ein bisschen Aufschluss darüber gibt, wie die Leute so drauf sind.

»Marie Curie.«

»Ach was!«, entfuhr es mir. Das ist so eine noble Privatschule, in die die Reichen ihre Kinder schicken, damit sie »unter sich« bleiben.

Felix sah mich an und seufzte. »Du kommst aber jetzt nicht mit so klischeehaften Vorurteilen von wegen Privatschule für die Bonzensprösslinge und so?«

»Nein«, rief ich ertappt und schüttelte den Kopf.

»Die Schule kostet zwar Geld, aber die akademischen Ansprüche sind extrem hoch und wir müssen uns alle auch sozial engagieren. Darauf wird sehr viel Wert gelegt«, verteidigte sich Felix.

Ich musste erst mal darüber nachdenken. Wir haben uns stets von den Schülern dieser Schule ferngehalten, weil wir sie angeberisch und arrogant fanden.

»Diese Nachhilfeaktion hier ...«, begann ich.

Felix nickte. »Das ist eine Initiative unserer Schule.«

»Und die anderen Schüler, die hier unterrichten, sind demnach auch alle ... von der Marie Curie?«

»Ja.«

Ich sagte nichts. Das musste ich erst mal verdauen. Ich war hier tatsächlich ins feindliche Lager geraten!

»Jetzt sag bloß nicht, dass das ein Problem für dich ist, Jojo?«

»Hm«, machte ich.

»Nun komm, überwinde mal deine Vorurteile! Hier geht's um eine gute Sache.«

Der Raum hatte sich inzwischen gefüllt. Es war wirklich erstaunlich, wie viele Kinder diese Hilfe in Anspruch nahmen.

Felix deutete in eine Ecke. »Die Deutschgruppe trifft sich dort hinten. Am besten, du gehst mal hin und meldest dich bei Sarah. Die managt die Deutschleute.«

Ich ging in die Deutschecke und verhandelte mit Sarah.

»Okay, also wir bräuchten jemanden für Grammatik ...«

Ich verzog das Gesicht.

Sarah grinste. »Oder Buchinterpretation.«

Ich blieb ganz entspannt.

»Gut, ich sehe, das trifft es wohl schon eher. Hier ist die Liste der Bücher, um die es geht.«

Ich überflog die Titel der Bücher. Ich hatte

Glück – oder die Kinder, je nachdem, wie man es sehen wollte –, ich kannte die Bücher nicht nur, sondern hatte auch schon damit arbeiten müssen.

Felix hatte recht, die Kleinen waren nett und sogar dankbar, dass man ihnen half. Ich sollte Flippi dringend mal mitbringen, damit sie sich anschauen kann, wie sich normalerweise ein Kind in ihrem Alter benimmt. Vielleicht könnte man eines der Kinder auch gegen Flippi austauschen. Aber vermutlich hätte die Mutter des Austauschkindes etwas dagegen. Na, könnte man ihr nicht wirklich verübeln.

Die Zeit ging total schnell rum. Und zum Schluss bedankten sich die Zwerge sogar noch! He, ich hatte heute an einem einzigen Nachmittag von Kindern in Flippis Alter mehr Dankeschöns gehört, als von Flippi in ihrem ganzen Leben. Genau genommen habe ich von Flippi noch nie ein Dankeschön gehört. Wahrscheinlich kann sie das Wort gar nicht aussprechen, ist so was wie ein genetischer Dankedefekt.

»Und wie war's?« Felix stand plötzlich hinter mir.

»Total klasse. Ich hätte echt nicht gedacht, dass Kinder in dem Alter so nett sein können«, meinte ich ganz begeistert.

Felix lachte. »Na, deine Schwester muss ja wirklich eine ganz eigene Marke sein.«

»Sie ist eine Plage.«

»Vielleicht hat sie gerade eine rebellische Phase.«

»Also, diese Phase hat Flippi, seit sie auf der Welt ist. Es nervt.«

»Tja, hier hast du Ruhe vor deiner Schwester.

Mehrmals die Woche. Und du tust ein gutes Werk. Das mit dem Guten-Werk-Tun muss ich sagen, denn wir werden nicht bezahlt.«

»Klingt echt verlockend.«

»Dass du kein Geld dafür kriegst?«

»Eher das mit der Ruhe vor Flippi.«

Felix überlegte. »Vielleicht finden wir eine Möglichkeit, dich für deine gute Tat zu belohnen«, überlegte Felix. »Da du ja sozusagen wirklich freiwillig hier arbeitest. Wir tun das im Rahmen eines Projektes und bekommen dafür Extrapunkte.«

Hach! Also doch ein Streber.

»Hast du einen Wunsch?«, fragte er.

»Habt ihr auf eurer Schule eine Wunschfee, die so was übernimmt?«

»Wenn du nicht auf einem Tutu und einem Stab mit Stern obendran bestehst, kann ich den Job erledigen.«

»Also, ich verzichte wirklich ungern auf die Sache mit dem Tutu und dem Stab.«

»Darüber können wir leider nicht verhandeln. Aber über alles andere. Also, hast du einen Wunsch?«

»Hm, lass mich überlegen …« Ich dachte wirklich nach. Und erstaunlicherweise fiel mir auf Anhieb nichts ein. Mein Leben musste im Moment wirklich ziemlich nahe dran an perfekt sein. »Also außer einer besseren Note in Mathe brauche ich nichts.«

»Okay. Wenn du willst, gebe ich dir Nachhilfe.«

»Im Ernst? Das würdest du tun?«

»Klar.«

»Dürfen wir denn länger hier in dem Raum bleiben?«

»Eher nicht. Aber ich kann überall Mathe erklären. In Eisdielen, in Pizzerias, auf Bowlingbahnen, beim Minigolf – da übrigens ganz besonders gut ...«

Ich musste lachen, Felix war echt cool. Vergessen wir einfach die Sache, dass er auf dieser Reichenschule ist. Er scheint doch ganz normal zu sein.

»Wie ist es mit dem Einkaufscenter? Ich will mir nämlich wirklich so einen Terminkalender kaufen.«

»Gute Idee. Und da du Anfänger bist, brauchst du Beratung von einem Profi.«

»Und du bist dieser Profi?«

»Allerdings.«

Im Schreibwarengeschäft des Einkaufscenters stellte ich fest, dass es tatsächlich eine Riesenauswahl an Terminkalendern gibt. Scheint ein gefragter Artikel zu sein. Felix riet mir zu einem Schülerkalender und trug auch gleich alle weiteren Termine für die Nachhilfe ein. Und seinen Geburtstag.

Ich deutete auf diesen Eintrag und fragte: »Damit ich nicht vergesse, dir ein Geschenk zu besorgen?«

»Oh, wenn du vorhast, mir ein Geschenk zu besorgen, tragen wir das eine Woche früher ein«, meinte er und schrieb in meinen Kalender *Geschenk für Felix besorgen.*

Ich fand ihn echt lustig. »Schreib auch gleich rein, was ich kaufen soll, so gut kenn ich dich ja nicht.«

»Ach, das ist ja noch ein paar Monate hin, bis dahin kennst du mich gut genug«, sagte er und lächelte mich an.

Das machte mich irgendwie nervös. Ich sah wieder auf den Kalender und fragte: »Wann ist denn meine nächste Mathestunde?«

Er zog seinen Kalender raus, sah kurz drauf und meinte: »Ich hätte diesen Freitag Zeit. Vor der Nachhilfe. Klappt das bei dir?«

»Wollen wir doch mal in meinem Kalender nachsehen, ob ich was vorhabe«, sagte ich gespielt wichtig und blätterte in dem kleinen Buch herum. »Nein, kein Eintrag, alles klar. Bis Freitag dann.«

»Wo?«

»Ach so, hm. Komm doch einfach bei mir zu Hause vorbei, dann können wir anschließend gemeinsam zur Nachhilfe gehen«, schlug ich vor.

»Gut. Abgemacht.«

»Prima«, meinte ich und gab ihm die Adresse. »Ich muss jetzt nach Hause, aber wir sehen uns ja Mittwoch wieder«, sagte ich und hielt meinen Kalender in die Höhe.

Felix sah mich abwartend an.

»Was ist?«, fragte ich.

»Hast du nicht was vergessen?«

»Ähm … tschüss?«

»Nein.«

»Oh … danke?«

Felix lachte und schüttelte den Kopf. »Du bist wirklich chaotisch, Jojo!«

Ich wusste nicht genau, ob das nett oder vorwurfsvoll gemeint war. Misstrauisch fragte ich: »Wovon redest du?«

»Du musst den Termin auch eintragen«, lachte er. »Sonst nützt der Kalender ja nichts.«

»O Mann«, stöhnte ich, »das ist ja komplizierter, als ich gedacht hatte! Der braucht ja Hege und Pflege. Ich weiß nicht, ob ich den wirklich am Leben erhalten kann.«

»Du schaffst das, ich glaube an dich!«, lachte Felix und nachdem ich den Termin eingetragen hatte, verabschiedeten wir uns.

Sehr gut gelaunt und beflügelt machte ich mich auf den Heimweg.

Dienstag, 5. August

Flippi kam heute mit einem Stapel Blätter und einem wichtigen Gesicht zum Essen. »Tante Hedwig, ich brauche deine Unterschrift«, erklärte sie und legte Tante Hedwig ein Blatt Papier und einen Stift hin. Dann deutete sie auf das untere Drittel des Blattes. »Hierhin.«

»Wieso das denn?«, fragte Tante Hedwig ganz verblüfft. Dabei vergaß sie sogar ihren brummigen Tonfall.

Das sollte man sich merken, Verblüffung als Maßnahme gegen einen brummigen Tonfall.

Flippi überlegte kurz. »Für die Schule.«

»Aber ihr habt Ferien«, wunderte sich Tante Hedwig.

Flippi stutzte. »Stimmt, guter Einwand. Aber sag das mal den Lehrern. Hier unten.« Sie deutete wieder auf den Teil des Blattes, auf dem sie die Unterschrift haben wollte.

»Und was will deine Schule mit meiner Unterschrift?«

»Wir machen da ein Projekt.«

»Was für ein Projekt?«

»Es geht um Unterschriften.«

»Meine Güte, kannst du dich nicht deutlicher ausdrücken?« Ja, Tante Hedwig hatte ihre schlechte Laune wieder! Ganz unüberhörbar.

Flippi seufzte tief. »Es geht um Unterschriften … und um Verwandte und … darum, ob sie sich ähneln. Ja!« Sie nickte zufrieden.

»Ob sich wer ähnelt?«

»Die Unterschriften von Verwandten.«

»Das heißt, du brauchst Unterschriften von allen hier?«

»Jaaa«, meinte Flippi gedehnt. »Also, wenn ihr dann alle mal unterschreiben wollt.« Sie verteilte auch an meine Mutter, Oskar und mich Zettel.

Bei einer Sache war ich mir sicher: Hier ging es nicht um eine Hausaufgabe, sondern Flippi führte mal wieder etwas im Schilde.

»Ich soll dir eine Blankounterschrift auf einem weißen Blatt Papier geben? Vergiss es«, ereiferte ich mich. »Damit kannst du ja alles Mögliche anstellen. Au!«

Flippi hatte mich herzhaft unter dem Tisch getreten und funkelte mich böse an.

Ich funkelte zurück und rieb meinen Knöchel. Teufel auch, die Kröte hätte Chancen als Profifußballer.

Meine Mutter funkelte jetzt uns beide an.

Und Tante Hedwig legte den Stift zur Seite, ohne zu unterschreiben, und sah Flippi durchdringend an.

Flippi musste ihre Taktik ändern. Sie griff auf ihre Multifunktionswaffe zurück: Sie fing an zu heulen. »Immer ist Jojo so gemein zu mir«, schniefte sie. »Dabei will ich nur eine gute Note in der Schule kriegen.«

»Pah, wer's glaubt!«, rief ich.

Flippi heulte auf.

Meine Mutter sah mich strafend an.

Und Tante Hedwig lehnte sich in ihren Stuhl zurück und beobachtete uns.

»Jojo, wirklich«, sagte meine Mutter vorwurfsvoll, während sie Flippi tröstend in den Arm nahm.

»Was denn? Ihr kennt doch Flippi!«, verteidigte ich mich.

»Ich finde, wir sollten Flippi unterstützen. Na kommt schon«, sagte Oskar und unterschrieb seinen Zettel schwungvoll.

Meine Mutter machte es ihm nach. Dann sah sie mich bedeutungsvoll an.

Ich unterschrieb mit *Micky Maus*.

Jetzt fehlte noch Tante Hedwig.

Flippi sammelte unsere Unterschriften ein und blieb vor Tante Hedwig stehen. Nachdem die keine Anstalten machte, zu unterschreiben, schniefte sie ein paarmal auf.

»Schon gut, schon gut.« Tante Hedwig setzte den Stift an. »Moment mal, ich bin gar keine Blutsverwandte von dir«, fiel Tante Hedwig ein und sie setzte den Stift wieder ab. »Das ergibt also gar keinen Sinn.«

Flippi startete die nächste Heulattacke. »Das ist gemein. Ich krieg 'ne schlechte Note, weil wir keine Verwandten haben«, schniefte sie.

»Aber Flippi-Schätzchen, wir haben doch Verwandte«, versuchte meine Mutter sie zu trösten.

»Aber Tante Hedwig sagt, wir sind nicht verwandt, und will deshalb nicht unterschreiben«, heulte sie Krokodilstränen.

»Das habe ich nicht gesagt«, verteidigte sich Tante Hedwig. »Habt ihr dem Kind denn nicht beigebracht zuzuhören?«

»Hedwig, nun unterschreib doch einfach. Mach dem Kind doch die Freude«, mischte sich jetzt Oskar ein. Allerdings machte er dabei ein Gesicht, in dem deutlich zu lesen war, wie sehr er hoffte, dass er diesen Satz nicht bereuen würde.

Zum Glück kannte Tante Hedwig diesen Gesichtsausdruck nicht und unterschrieb unter Murren.

Kaum hatte sie den letzten Buchstaben aufs Papier gebracht, stand Flippi neben ihr, riss ihr den Bogen weg und war schon aus der Küche verschwunden.

»Was war denn jetzt das?«, meckerte Tante Hedwig. »Sie hätte sich wenigstens noch bedanken können.«

»Aber sie ist dir bestimmt sehr dankbar«, meinte meine Mutter.

Tante Hedwig murmelte noch ein »Wer's glaubt …«.

Ich bin mir ziemlich sicher, von dieser Unterschriftenaktion werden wir noch hören. Oder sehen. Und bestimmt nicht im Zusammenhang mit einer guten Note in der Schule.

Mittwoch, 6. August

Heute war ich wieder bei der Nachhilfe gewesen. Und ehrlich, es war echt gut. Erstaunlich, dass mir etwas, was eindeutig an Schule erinnert, so viel Spaß macht.

Die anderen Marie-Curie-Schüler waren auch supernett. Warum hatten wir eigentlich immer gedacht, die wären voll abgehoben und lebten in einer anderen Welt?

Nach der Nachhilfe schlug einer vor, wir sollten noch auf ein Gingerale in den Club gehen. Gingerale – klingt schicker als Cola.

»In was für einen Club?«, fragte ich.

»Na, in den *Concordia*. Den Golfclub«, sagte Sarah.

Ich sah sie amüsiert an. War das ein Witz? »Da sind

nur alte Leute«, informierte ich sie. Fügte dann noch hinzu: »Also, hab ich gehört ...«

Sarah nickte. »Ja, unsere Eltern zum Beispiel. Aber der Club hat 'ne tolle Terrasse und einen Pool.«

»Und ihr wollt allen Ernstes mit euren Eltern zusammen auf der Terrasse sitzen?«, lachte ich.

Nun sahen mich alle an. »Wieso nicht? Wo ist das Problem?«

Wow, die waren ja echt schräg drauf!

Bevor ich antworten konnte, sagte Felix: »Also Jojo und ich wollten eigentlich Minigolf spielen gehen.«

»Okay«, meinten die anderen, verabschiedeten sich freundlich und zogen los.

Ich sah Felix an. »Wir wollten Minigolf spielen gehen?«

»Ja. Hab dir doch gesagt, dass ich dort besonders gut Mathe erklären kann. Jede Menge Abschlagwinkel, Beschleunigung, Aufprallwinkel und Kurvenberechnungen. Ideale Voraussetzungen, um ein paar Matheformeln anzuwenden.«

Ich lachte. »Gut. Und ich kann dir ein paar Chaosformeln beibringen. Bin nämlich schon zweimal vom Platz geflogen, weil ... Na ja, ein paar Sachen gingen schief, hat mit Schwerkraft, Flugbahnen und Golfbällen zu tun. Und mit den Köpfen anderer Mitspieler.«

»Wunderbar, ich sehe, wir sind im Geschäft. Und mach dir keine Sorgen, ich hab 'ne gute Unfallversicherung.«

Wir spazierten los.

»Wie geht's deinem Terminkalender?«, fragte Felix.

»Sehr gut«, meinte ich. »Er macht gerade Urlaub.«

»Ist nix für dich?«

»Wir müssen uns noch aneinander gewöhnen.«

»Na ja, es ist halt nicht immer Liebe auf den ersten Blick, aber viel dauerhafter ist doch eine Beziehung, die langsam wächst.«

Ich wurde schon wieder nervös. Bildete ich mir das ein oder hatten einige von Felix' Sätzen tatsächlich einen romantischen Unterton? Ich konnte ja schlecht fragen. Außerdem hatte ich ihm ja klipp und klar meine Einstellung zu Beziehungen erklärt. Aber sicherheitshalber sagte ich: »Ich denke, mein Terminkalender sollte sich da nicht allzu große Hoffnungen machen. Ich bin einfach kein Terminkalendertyp.«

»Das wird ihn aber hart treffen, wenn er das erfährt«, meinte Felix.

Verflixt, immer noch dieses doppeldeutige Gerede! »Dann sagen wir es ihm einfach nicht«, schloss ich nun damit ab. »Was passiert eigentlich, wenn ich gewinne beim Minigolf? Kannst du das verkraften?«

»Keine Ahnung, ich bin noch nie besiegt worden.«

»Na, dann wird's ja mal Zeit«, nickte ich.

Ich muss nicht erwähnen, dass Felix beim Minigolf haushoch gewonnen hat und dass er eine halbe Stunde lang beruhigend auf den Betreiber der Anlage einreden musste, weil ich aus Versehen, zwei Schläger in einem Teich versenkt hatte. Als das Reden nichts nutzte, gab Felix ihm seine Karte (er hat eine eigene Visitenkarte!!!) mit den Worten, er solle sich bei ihm melden. Nach einem kurzen Blick auf das Visitendings, gab sich der Minigolftyp geschlagen und verabschiedete uns freundlich. Na ja, mich nicht, mir warf er einen bösen Blick zu, aber zu Felix war er freundlich.

Freitag, 8. August

Heute war mein Felix-Mathe-Nachhilfe-Tag. Felix hatte vorher noch mal angerufen, um sich anzukündigen. Das war schlau, ich hatte es nämlich vergessen, weil ich nicht in meinem Kalender nachgesehen hatte. So ein Kalender ist zwar gut und schön, aber nur wenn man auch regelmäßig reinguckt. Außerdem meinte Felix am Telefon, ich solle doch schon mal meine Mathesachen zusammensuchen. Auch schlau, denn ich hatte keine Ahnung, wo sie waren. Der einzige einigermaßen verwertbare Hinweis war, dass sie sich wohl in meinem Zimmer befinden mussten. Also fing ich an zu suchen.

Natürlich kam Tante Hedwig an meinem Zimmer vorbei, als ich gerade mitten beim Umgraben war.

»Meine Güte, räumt hier denn nie jemand auf?«, wollte sie wissen.

»Ich suche nur etwas«, beruhigte ich sie.

»Wenn du aufräumen würdest, müsstest du auch nicht suchen«, beharrte sie auf ihrem Standpunkt.

Okay, hatte was. Ich versuchte, Boden gutzumachen, bevor das in eine allgemeine Predigt ausufern würde. »Ich suche nur meine Schulsachen, um ein wenig zu lernen.« Ich war mir sicher, dass die Tatsache, dass ich freiwillig in den Ferien lernen würde, mir Pluspunkte verschaffen würde.

»Und um deine Schulsachen zu finden, musst du so ein Chaos veranstalten?! Du benutzt deine Schulsachen wohl nicht oft, was?«

Klar, musste ja schiefgehen, hätte ich wissen müssen. Bei Tante Hedwig konnte man einfach nicht gewinnen. Wahrscheinlich wäre ich leichter davongekommen, wenn ich behauptet hätte, ich würde meine alten Micky-Maus-Hefte suchen. Aber sicher wäre Tante Hedwig auch dazu etwas eingefallen. Ich arbeitete gerade an einer möglichst unverfänglichen Antwort, als es klingelte.

»'tschuldige, Tante Hedwig, ich muss mal eben an die Tür. Das wird für mich sein.« Ich drückte mich an ihr vorbei.

»Na klar. Und schon sind das Lernen und die Schule vergessen.«

»Nein, Felix kommt extra, um mit mir zu lernen.«

»Ach, jetzt muss man schon zu zweit lernen?«

Ich gab es auf und lief zur Tür. Um einem Echo zu öffnen.

»Hallo, Jojo«, tönte es mir fröhlich entgegen.

»Hallo, Jojo.« Das klang weniger fröhlich, sondern irgendwie leicht nervös.

Vor mir stand wie erwartet Felix – und direkt neben ihm auch noch Onkel Heinz, Tante Hedwigs Mann.

»Was machst du denn hier?«, fragte ich völlig baff.

»Wir sind zum Lernen verabredet und ...«, fing Felix an zu erklären.

»Nein, nicht du, er«, fiel ich ihm ins Wort.

»Na, das ist ja vielleicht eine Begrüßung!«

»'tschuldigung. Kommt doch rein. Beide«, setzte ich sicherheitshalber noch hinzu, damit mich niemand falsch verstehen konnte.

Felix und Onkel Heinz traten ein.

»Familie! Onkel Heinz ist da!«, brüllte ich. Ich war irgendwie überfordert.

Zögernd öffneten sich die Türen und meine Familie versammelte sich.

»Wie schön, dich zu sehen«, fing Oskar an. »Wir wussten gar nicht, dass du kommst.«

»Hedwig hat mich hergebeten.«

»Im Ernst?«, wunderte sich Oskar, fing sich aber sofort wieder. »Dann hole ich sie doch am besten gleich mal.«

Meine Mutter begann auf der Stelle, Tee zu kochen, Flippi reichte ihr Teebeutel an. Die Handvoll Gummibärchen, die Flippi in die Teekanne geben wollte, lehnte sie jedoch ab.

»Hör mal, wenn ich störe ...«, machte sich Felix bemerkbar. Ich hatte ihn einfach mit uns mitgeschoben und zugegebenermaßen momentan echt vergessen.

»Was? Nein, ist schon gut. Verhalte dich einfach nur möglichst unauffällig und versuche, nicht zwischen die feindlichen Linien zu kommen«, instruierte ich ihn leise.

»Okay, und wo sind die feindlichen Linien?«, flüsterte er zurück und duckte sich schon ein wenig.

»Das weiß man am Anfang nie so genau. Und es kann sich auch schnell ändern.«

»Wer ist er?« Jetzt hatte Flippi Felix wahrgenommen.

»Felix, er bringt mir Mathe bei«, winkte ich ab.

»Hallo, du musst die kleine Schwester mit den Schnecken sein ...«

»Redet er immer so viel?«, wandte sich Flippi an mich.

»So gut kennen wir uns noch nicht«, gab ich zurück. Ich lächelte Felix aufmunternd an.

»Feindliche Linie?«, fragte Felix leise und deutete mit dem Kopf in Richtung Flippi.

Ich nickte. »Immer!«

»Alles klar.«

Meine Mutter kam mit Tee und verteilte Tassen. Als sie vor Felix stand, sah sie ihn verwundert an. »Bist du schon lange da?« Das plötzliche Auftauchen von Onkel Heinz hatte sie ganz schön durcheinandergebracht.

»Nein, ich bin eben erst gekommen.«

»Gehörst du zu Heinz?«

»Nein, er gehört zu mir«, sprang ich dazwischen. »Wir kennen uns von der Nachhilfe. Felix will mit mir Mathe lernen.«

»Hah! Ich wusste es«, triumphierte Flippi.

»Was?«

»Du gibst keine Nachhilfe, sondern bekommst sie!«

»Gar nicht. Ich gebe auch Nachhilfe. Und als Dank dafür lernt Felix mit mir Mathe!«

»Na klar«, machte Flippi und kniff verschwörerisch ein Auge zu. »Und ich gehe auch nicht in die Schule, um dort etwas zu lernen, sondern weil ich sie leite.«

Ich funkelte sie wütend an.

Felix machte einen Schritt zurück, um nicht zwischen uns zu stehen.

Bevor wir uns aber richtig in die Haare bekommen konnten, kam Oskar mit Tante Hedwig.

»Also wirklich, Oskar, eine Überraschung! Was soll mich denn überraschen? Habt ihr schnell tapeziert oder die Möbel umgestellt?«

Onkel Heinz seufzte und sah für einen Moment so aus, als würde er am liebsten gleich wieder gehen.

Meine Mutter legte ihm schnell die Hand auf die Schulter und schenkte ihm Tee nach.

»Tataaa!«, machte Oskar und strahlte seine Schwester an.

»Und?« Tante Hedwig war wenig beeindruckt. »Alte Tapete, Möbel noch am selben Fleck.«

»Aber auf dem einen Möbel sitzt deine Überraschung«, verkündete Oskar.

»Das ist Heinz«, stellte Tante Hedwig nach einem kleinen Moment der Sprachlosigkeit fest.

»Hallo, Hedwig«, nickte ihr Onkel Heinz zu.

»Und was willst du hier?«, fragte sie.

»Ich bin hier, um dir zu verzeihen«, sagte Onkel Heinz salbungsvoll.

»Du meinst, damit ich dir verzeihe«, verbesserte ihn Tante Hedwig.

»Nein.« Onkel Heinz schüttelte den Kopf. »Um *dir* zu verzeihen.«

»Warum solltest du mir verzeihen?«

»Weil ich ein großzügiger und netter Mensch bin, wir schon so lange zusammen sind und du auch mal etwas Dummes machen kannst.«

»Wie bitte?!« Tante Hedwig schnappte nach Luft. »Ich etwas Dummes?! Also das ist eine Frechheit. Typisch Heinz.«

»Also Moment mal, ich hab's hier schwarz auf weiß!«, schmollte Onkel Heinz und zog einen Brief aus der Jackentasche. Er überflog ein paar Zeilen, las lautlos den Text und kam dann wohl zu der Stelle, die er meinte. »... *und deshalb, lieber Heinz, bitte ich Dich ganz herzlich um Verzeihung. Ich weiß, dass Du ein großzügiger und netter Mensch bist, und da wir schon so lange zusammen sind, wirst Du mir sicher verzeihen, wenn ich auch einmal etwas Dummes mache.* Also!« Er hielt ihr triumphierend den Zettel hin.

Tante Hedwig schnappte ihn sich und fing an zu lesen. »Das habe ich nicht geschrieben!«, empörte sie sich.

»Aber das ist deine Unterschrift!«, beharrte Onkel Heinz und tippte auf den unteren Rand des mit Computer geschriebenen Briefes, auf dem tatsächlich eine Unterschrift zu sehen war.

Tante Hedwig sah genauer hin, dann machte sie große Augen. »Das sieht wirklich wie meine Unterschrift aus«, sagte sie verblüfft.

»Siehst du!«, sagte Heinz zufrieden. »Also, ich vergebe dir.«

»Ich habe den Brief doch gar nicht geschrieben.«

»Aber unterschrieben hast du ihn. Du willst mir doch nicht allen Ernstes erzählen, du unterschreibst etwas, was du dir vorher nicht durchgelesen hast?«

Tante Hedwig warf ihm einen vernichtenden Blick zu, dann grübelte sie düster vor sich hin.

Aus den Augenwinkeln sah ich jemanden zur Tür schleichen. Im ersten Moment dachte ich, es sei Felix auf der Flucht. Der stand aber immer noch ganz tapfer neben mir. Ich sah mich schnell um. Flippis Platz war leer. Alles klar, dafür war die Unterschriftenprobe neulich gewesen! Sie hatte einen Brief in Tante Hedwigs Namen an Onkel Heinz geschrieben! Und da keiner von uns wusste, worum ihr Streit eigentlich ging, hatte Flippi einfach ganz pauschal für »etwas Dummes« um Vergebung gebeten. Sehr mutig.

Ich überlegte, ob ich den Moment erleben wollte, in dem Tante Hedwig kapierte, was hier passiert war, entschied mich aber dagegen. Da Flippi sich ja schon aus dem Staub gemacht hatte, dürfte es nicht mehr ganz so interessant werden. Und womöglich würde man in Ermanglung von Flippi dann mich anraunzen.

Ich schnappte Felix am Handgelenk und zog ihn aus dem Zimmer.

Freitag, 8. August, später

Felix ist erstaunlich robust, was Chaos und merkwürdige Situationen anbelangt. Mit merkwürdigen Situationen ist das Aufeinandertreffen meiner Tante mit meinem Onkel gemeint und das Chaos stürmte dann auf ihn ein, als wir in mein Zimmer kamen. Ich war ja gerade dabei gewesen, meine Mathesachen zu suchen, als er klingelte. In meinem Zimmer sah es aus, als wäre eine Horde torkelnder Elefanten durchgezogen.

»Also das hier ist dein Zimmer«, sagte er und nickte bedächtig.

»Es sieht nicht immer so schlimm aus«, versuchte ich mich zu verteidigen. »Genau genommen bist du daran schuld.«

»Wie das denn?«

»Weil du angerufen hast und mich an meine Mathesachen erinnert hast. Deshalb musste ich sie suchen und dabei das Zimmer umgraben. Also, du bist eigentlich am Zustand des Zimmers schuld«, teilte ich ihm mit.

»Tja, dann entschuldige ich mich natürlich«, grinste er. »Hast du die Sachen denn gefunden?«

»Noch nicht.«

»Mathe ist wirklich nicht so dein Ding, was?«, lachte er.

Ich machte eine vage Geste.

»Tja, dann ... suchen wir weiter?«, schlug Felix vor.

Er hatte echt gute Nerven.

Ich überlegte. »Nie im Leben finde ich in dem Chaos mein Mathebuch wieder.«

»Gib nicht so schnell auf. Wir versuchen es mit Logik und im Ausschlussverfahren.« Felix sah sich um und da mein Stuhl völlig von allerlei Kram belagert war, setzte er sich auf mein Bett. Das heißt, er versuchte, sich auf mein Bett zu setzen. Dummerweise lag da aber ein angebissenes Salamibrötchen. Wie genau das in mein Bett gekommen war, war mir auch schleierhaft, aber ich denke mal, Tante Hedwig hat das zu verantworten, weil wir ja alle ständig auf der Flucht vor ihr sind. Ich hatte wahrscheinlich zufällig ein Salamibrötchen in der Hand, als ich plötzlich flüchten musste. Womit immer noch nicht geklärt ist, was es in meinem Bett zu suchen hatte, aber das ist ja auch egal.

Felix schoss jedenfalls gleich wieder in die Höhe, sah noch mal verwundert auf das Salamibrötchen in meinem Bett und nach einem weiteren Rundumblick gab er es wohl auf, sich irgendwo niederzulassen, sondern lehnte sich einfach an die Wand. Die war Gott sei Dank frei.

Und dann stellte er mir Fragen. Wann ich das Buch zuletzt gesehen habe. Welche Tasche ich dabeihatte. Und was ich an dem Tag noch so gemacht habe.

»Ich glaube, in der Schule, im Unterricht.« Ich überlegte. »Nein, warte, hier zu Hause. Ich erinnere mich, ich habe es aus meiner Tasche genommen und dann habe ich es hierhingelegt. Oder auch nicht, hm …«

Felix wollte wissen, was ich an dem Tag angehabt hatte.

»Wieso? Kein Kleidungsstück, das ich besitze, hat so große Taschen, dass Mathebücher da reinpassen.«

»Trotzdem, überleg mal.«

Das fand ich jetzt ja schon ein wenig albern, aber bitte, ich wollte ja kein Spielverderber sein. Also überlegte ich. Okay, es war ziemlich warm an meinem letzten Mathetag. Und ich hatte dieses T-Shirt an, über das sich Flippi immer lustig macht und …

»Hey, jetzt weiß ich es. Ich habe es nach Flippi geworfen. Du bist genial!«

Felix nickte stolz. Dann seufzte er. »Du hast es nach deiner Schwester geworfen?«

»Es ist robust. Und ich habe auch nicht richtig getroffen. Aber die Kröte hat es einkassiert. Moment, bin gleich wieder da.«

Ich raste aus meinem Zimmer und klopfte an Flippis Tür.

Keine Antwort.

»Flippi, mach auf. Ich brauche mein Mathebuch.«

»Bist du allein?«, hörte ich Flippis Stimme von drinnen.

»Wen sollte ich denn dabeihaben? Die sieben Zwerge?«

»Und tschüss!«

»Hey! Ich brauche mein Mathebuch.«

»Und was hab ich damit zu tun?«

»Du hast es.«

»Wieso sollte ich es haben?«

»Weil ich es nach dir geworfen habe.«

»Na, dann wolltest du es ja wohl nicht mehr.«

»Flippi, ernsthaft, rück es raus.«

»Hättest halt besser darauf aufpassen sollen.«

Ich kapierte. »Okay, wie viel?«

Das Einzige, worauf man sich bei Flippi verlassen konnte, war ihre Bestechlichkeit.

Da hörten wir einen lauten Schrei von unten: »Flippiiiii!«

Aha, bei Tante Hedwig war der Groschen gefallen.

»Also, wie viel?«, fragte ich erneut. »Und bedenke, dass ich zurzeit ziemlich pleite bin.«

Flippi öffnete die Tür einen Spaltbreit und steckte den Kopf raus. »Heute ist dein Glückstag«, meinte sie leise. »Ich brauch kein Geld, ich brauch eine Dienstleistung von dir.«

Das klang gefährlich. Für Flippi etwas zu tun bedeutet meist, mit einem Bein im Knast zu stehen. »Was wäre das?«

»Finde unauffällig heraus, wie sauer alle auf mich sind.«

»Seit wann interessiert dich so was?«

Flippi seufzte. »Du hast wirklich keine Ahnung: Je wütender sie auf mich sind, desto härter bestrafen sie mich jetzt und desto mehr tut es Mami anschließend wieder leid. Wenn sie also extrem sauer sind und ich meine Karten richtig ausspiele, dann springt vielleicht sogar das Schneckenpenthouse raus.«

Bei der Logik gab ich auf. Aber dann fiel mir etwas auf. »Moment mal, das hat dir Oskar doch sowieso schon versprochen.«

»Ach so, ja richtig. Hm. Dann machen wir es anders. Du gehst runter, erzählst ihnen, dass ich heulend in meinem Bett liegen und jammern würde, ich hätte es bloß gut gemeint und wollte Tante Hedwig und Onkel Heinz doch nur wieder glücklich machen. Dann fühlen sie sich schlecht und meckern nicht weiter mit mir, sondern trösten mich.«

Wow! Flippi war echt gut! Nie im Leben würde mir so was einfallen. Ich hatte in diesem Augenblick enormen Respekt vor ihr.

Sie sah es mir an und grinste. »Gut, was? Und jetzt mach schon und spiel deine Rolle gut, sonst kannst du dich von deinem Mathebuch für immer verabschieden.«

Ich knurrte verärgert, ging aber nach unten und fand alle in der Küche versammelt. Irgendwie schien es ein paar Grad kälter, denn es herrschte ein eisiges Schweigen.

»Flippi hat es nur gut gemeint, sie wollte helfen«, rief ich gleich.

»Tzzz!«, machte Tante Hedwig.

Meine Mutter bekam sofort einen milden Gesichtsausdruck.

»Es tut ihr so leid«, fügte ich noch hinzu und wartete weiter ab.

Onkel Heinz wiegte den Kopf hin und her und sagte: »Na ja, eigentlich ist es wirklich rührend …«

Oskar nickte eifrig. »Ja, Flippi sorgt sich immer um uns und will, dass alle sich vertragen.«

Meine Mutter und ich sahen ihn verblüfft an und er zuckte entschuldigend die Schultern.

»Sie heult!«, spielte ich nun meinen letzten Trumpf aus.

»Ach Gott, das arme Kind«, rief meine Mutter und lief nach oben.

»Pfff«, machte Tante Hedwig, »von wegen das arme Kind! Ihr lasst euch doch alle von ihr auf der Nase herumtanzen.«

Zum ersten Mal war ich mit Tante Hedwig einer Meinung. Aber ich seufzte bloß und hielt meinen Mund.

Ich ging wieder nach oben und fand im Flur vor Flippis Tür mein Mathebuch. Aus ihrem Zimmer hörte ich Flippis Schluchzer und verzweifelte Tröstungsversuche meiner Mutter.

Unglaublich.

Ich nahm mein Mathebuch mit in mein Zimmer.

»Hab es!«, rief ich fröhlich und schwenkte das Buch hin und her.

Felix zog unwillkürlich den Kopf ein.

»Keine Angst, Schulbücher werfe ich nur nach meiner Schwester«, beruhigte ich ihn.

Felix hatte inzwischen ein Ordnungssystem geschaffen. Er hatte die Unordnung in inhaltlich zueinanderpassende Häufchen gestapelt, man konnte sich tatsächlich in meinem Zimmer bewegen und auch Platz nehmen. Einzig für das Salamibrötchen hatte er noch keinen Platz gefunden. Ich nahm es ihm aus der Hand und aß es auf.

Felix war nur leicht irritiert, er schien tatsächlich chaosfest zu sein.

Ich zeigte ihm, was wir bis jetzt gemacht hatten, und er fing an, mir ein paar Sachen zu erklären. Felix konnte prima erklären.

Und ich stellte fest: Mathe ist gar nicht so schlimm.

Auf dem Weg zur Schülernachhilfe war ich bestens gelaunt. Überhaupt, ging es mir durch den Kopf, war ich immer gut gelaunt, sobald ich mit Felix zusammen war. Mein einziges Problem war, dass ich hoffte, mich würden nicht allzu viele Leute von meiner Schule sehen, wenn ich mit Felix unterwegs war. Womöglich kannte der eine oder andere ihn. Ich musste eh schon genug Spott ertragen und wenn man mich mit einem Marie-Curie-Privatschulen-Schüler sehen würde, hätte ich einiges auszustehen. Hm, eigentlich doof, solche Vorurteile. Felix war echt ganz normal. Mehr als das: Er war supernett und witzig und echt schlau und obendrein noch hilfsbereit – er war einfach toll.

Samstag, 9. August, beim Frühstück

Flippis Aktion war ein Flop. Sie verschärfte den Konflikt zwischen Onkel Heinz und Tante Hedwig sogar noch. Tante Hedwig war die Einzige, die konsequent sauer auf Flippi war und das auch immer wieder zum Ausdruck brachte. Onkel Heinz verteidigte Flippi dann jedes Mal. Et voilà – neuer Krieg zwischen den beiden.

Aber statt einfach abzureisen, harrte Onkel Heinz eisern aus und blieb. Wir waren nicht einen schlecht gelaunten Hausgast losgeworden, nein, wir hatten nun noch einen zweiten dazubekommen.

Toll! Danke, Flippi.

Beim Frühstück herrschte eine Stimmung, dass man wirklich denken konnte, man sei in einer Polarstation. Onkel Heinz und Tante Hedwig redeten nämlich nicht miteinander. Also nicht direkt, gelegentlich ließen sie sich aber über einen Dritten etwas ausrichten.

»Du kannst deinem Onkel ausrichten, dass so viel Kaffee nicht gut für sein Herz ist«, trug mir Tante Hedwig auf.

Ich öffnete gerade den Mund, als Onkel Heinz auch schon antwortete. »Und du kannst deiner Tante sagen, dass es mein Herz ist und es sie nichts angeht.«

Ein Schnauben vonseiten meiner Tante ersparte mir das Wiederholen.

»Prima hingekriegt!«, fauchte ich Flippi zu. »Hast

du echt gedacht, ein von dir verfasster Entschuldigungsbrief mit der Unterschrift von Tante Hedwig bringt das alles in Ordnung?«

»Immerhin ist er schon mal hier, oder?«, fauchte sie zurück.

»Genau, und sitzt an unserem Frühstückstisch und streitet sich mit Umweg über uns mit seiner Frau. Eine echte Verbesserung!«

Flippis Augen blitzten kurz auf. Unter normalen Umständen hätte sie schon längst versucht, mich zu treten. Da sie aber den reuigen Sünder spielen wollte, kam das nicht infrage. Es kostete sie ihre ganze Willenskraft, die Beine ruhig zu halten.

»Und, Heinz, was gibt es sonst so Neues?«, versuchte Oskar verzweifelt, ein Gespräch in Gang zu bringen.

»Frag doch deine Schwester«, war die wenig aussagekräftige Antwort.

Ein fragender Blick ging in Richtung Tante Hedwig.

Die schnaubte erst einmal ausgiebig. »Seit wann habe ich denn etwas zu sagen?«

Tante und Onkel warfen sich einen bösen Blick zu und sahen dann wieder in die jeweils andere Richtung.

Flippi beobachtete die beiden aufmerksam. Sobald jemand sie ansah, senkte sie sofort wieder reumütig den Kopf und ging in Büßer- beziehungsweise Leidenshaltung.

Meine Mutter betrachtete sie mit feuchten Augen.

Was mütterliches Mitleid betraf, ging Flippis Rechnung prima auf.

Oskar kämpfte tapfer weiter um irgendein harmloses, normales Gespräch. »Auch eine ganz schöne Umstellung, jetzt plötzlich in Rente zu sein, oder? Gibt es irgendwelche Pläne?«

Onkel Heinz lachte bitter auf. »Ja, die gab es mal.« Tante Hedwig sah demonstrativ aus dem Fenster. Und Onkel Heinz brütete wieder stumm vor sich hin und ließ sich auch nicht mehr in ein Gespräch verwickeln.

Keiner von uns traute sich, etwas zu sagen oder zu tun. Selbst das Kauen erschien uns unpassend. Schließlich wollte keiner die Aufmerksamkeit auf sich ziehen.

Als Lucilla überraschend vorbeikam, waren wir alle echt erleichtert.

»Lucilla, wie schön, dass du mal wieder reinschaust!«, freute sich meine Mutter und umarmte sie herzlich.

»Setz dich, setz dich und frühstücke mit uns«, drängte Oskar sie und stellte ihr einen Teller hin.

Selbst Flippi ließ sich zu einem gnädigen Nicken hinreißen.

Lucilla bestellte fröhlich ihr Frühstück und Oskar machte sich mit Feuereifer daran, es für sie zuzubereiten.

Onkel Heinz und Tante Hedwig ignorierten Lucilla.

»Wie geht's dir, was gibt es Neues? Wir haben uns

ja so lange nicht mehr gesehen!«, fragte meine Mutter.

»Oh, alles bestens. Mir geht es prima. Wir müssen ja nicht in die Schule, ich kann jetzt auch mal wieder mehr Zeit mit meinem Freund verbringen.« Hier traf mich ein Seitenblick von Lucilla. »Und was gibt es Schöneres, als mit seinem Liebsten zusammen zu sein? Da muss man doch einfach gut drauf sein.«

Oskar und meine Mutter sahen sie an und nickten müde.

Onkel Heinz und Tante Hedwig studierten weiterhin sehr intensiv die ihnen jeweils gegenüberliegende Seite unserer Küche und versuchten, den letzten Teil von Lucillas Satz zu ignorieren.

»Da hat sie doch etwas sehr Wahres gesagt«, warf Oskar mal versuchsweise in den Raum und stellte Lucilla das Frühstück hin.

Lucilla machte sich darüber her und war erst einmal beschäftigt, sodass sich wieder eine eisige Stille in die Küche schlich. »Habt ihr übrigens dieses riesige Wohnmobil auf der Straße gesehen?«, fragte sie und schob Oskar ihren leeren Teller hin. »Hätten Sie vielleicht noch einen von diesen superleckeren Pfannkuchen?«

Oskar griff nach dem Teller, als Tante Hedwig anfing, sich zu empören. »Das darf ja wohl nicht wahr sein!«, polterte sie.

Alle erstarrten.

»Aber sie sind wirklich lecker«, verteidigte sich Lucilla.

»Also, wie kann man nur so unsensibel sein!«, schimpfte Tante Hedwig weiter.

»Habt ihr hier irgendein Pfannkuchenproblem, das ich nicht mitbekommen habe?«, fragte mich Lucilla leise. »Sind die inzwischen rationiert?«

Ich zuckte die Schultern. Bislang gehörten Pfannkuchen zu den wenigen Dingen, die noch nicht unter Tante Hedwigs Beschuss geraten waren.

»Du hast das Ding wirklich mitgebracht!« Der Satz war jetzt eindeutig an Onkel Heinz gerichtet.

»Wie, bitte schön, hätte ich denn sonst hierherkommen sollen?«, verteidigte der sich. »Außerdem klang es ja in deinem Brief so, als sei alles in Ordnung und du würdest dich freuen.«

»Das war nicht *mein* Brief!«, fauchte Tante Hedwig.

»Aber deine Unterschrift!«, fauchte Onkel Heinz zurück.

»Aus meiner Unterschrift konntest du das ja wohl kaum herauslesen!«

Es gab eine kleine Pause.

»Ihr habt ein Wohnmobil gekauft?«, fragte Oskar vorsichtig nach.

»Er hat eins gekauft!«, korrigierte Tante Hedwig mit Nachdruck und nickte mit dem Kopf in Onkel Heinz' Richtung.

»Nachdem wir jahrelang darüber geredet hatten«, warf Onkel Heinz ein.

Okay, der Kampf ging weiter.

»Deswegen musst du ja nicht gleich klammheimlich so ein blödes Ding kaufen!«

»Was? Darüber reden reicht nicht aus? Was muss man denn noch machen? Eine schriftliche Genehmigung einholen?«

»Das wäre vielleicht gar nicht so schlecht gewesen.«

»Aber dann hätte ich dich nicht überraschen können!«

»Na, die Überraschung ist dir jedenfalls gelungen!«

Onkel Heinz verdrehte die Augen, schlug die Hände über dem Kopf zusammen und verließ demonstrativ den Raum.

Wow! Da war ja wirklich richtig was los.

»Ein Wohnmobil ist doch vielleicht gar nicht so schlecht«, sagte Oskar ganz vorsichtig.

»Na klar. Du schlägst dich wieder auf seine Seite! Das war ja zu erwarten! So unsensibel kann nur ein Mann sein!« Und damit verließ auch Tante Hedwig die Küche.

»Bin ich unsensibel?«, fragte Oskar leicht hilflos in die Runde.

»Nicht, was die Pfannkuchen anbelangt«, tröstete ihn Lucilla. »Die sind echt köstlich. Machen Sie da Zimt rein?«

Oskar sah sie verwirrt an.

»Okay, also schauen wir doch mal, was wir hier haben«, mischte sich jetzt Flippi ein.

»Ein zerstrittenes Ehepaar«, schlug ich vor.

Flippi warf mir einen bösen Blick zu.

»Heinz hat ein Wohnmobil gekauft und Hedwig ist sauer deswegen«, fasste Oskar zusammen.

»Wenn ihr alles wisst, braucht ihr mich ja nicht mehr«, schmollte Flippi.

»Tut mir leid«, entschuldigte sich Oskar. »Vielleicht habe ich ja noch was übersehen?«, bot er an.

»Nein. Das war's. Du hast mir die Pointe verdorben.«

»Flippi, das ist keine Geschichte mit einer Pointe«, sagte meine Mutter. »Das ist eine Tragödie. Die sich leider hier bei uns im Haus abspielt. Und wir haben damit eigentlich gar nichts zu tun. Wieso sagen wir ihnen nicht einfach, sie sollen wieder abreisen?«

Wir alle sahen meine Mutter verblüfft an. Das war ja hart!

»Isolde …?«, sagte Oskar verwundert.

»Tut mir leid, ich nehm's zurück. Es ist nur so anstrengend mit den beiden«, jammerte meine Mutter.

Oskar meinte tröstend: »Ach, womöglich müssen wir nur noch ein bisschen durchhalten, bestimmt regelt sich das alles bald von selbst.«

»Von selbst regelt sich gar nichts. Da müssen wir schon nachhelfen«, widersprach Flippi. »Ich überleg mir was.«

»Nein!!!«, riefen wir alle gleichzeitig.

Ich erläuterte es Flippi noch einmal: »Beim letzten Mal, als du alles geregelt hast, ist es anschließend schlimmer als vorher gewesen. Also lass es. Oskar soll einfach mal ganz vernünftig mit seiner Schwester reden.«

»Das versucht er doch schon, seit sie hier ist!«, warf meine Mutter ein.

»Irgendwie müssen wir sie dazu bringen, sich zu versöhnen. Was versöhnt Leute normalerweise?«, fragte ich.

»Unglück!«, rief Lucilla begeistert.

Nun sahen wir alle irritiert auf Lucilla und meine Mutter meinte freundlich: »Sag mal, wolltet ihr beide nicht in die Stadt gehen?«

»Unglück …«, murmelte Flippi und nickte vor sich hin. »Das ist der Schlüssel!«

»Wage bloß nicht, irgendetwas zu tun, Flippi!«, sagte meine Mutter mit aller Strenge, die sie aufbringen konnte. Ihr Blick streifte dann auch noch Lucilla und ich hielt es für angebracht, meine Freundin in Sicherheit zu bringen.

Samstag, 9. August, nach dem Frühstück ....

Wir gingen shoppen. Lucilla brauchte dringend ein T-Shirt, das zu einem Tretbootausflug passte, den Valentin mit ihr heute Nachmittag machen wollte.

»Wie? So was mit Anker oder Streifen drauf wie ein Matrose? Oder was mit eingearbeitetem Schwimmreif?«, wollte ich wissen.

»Jojo, du bist wirklich ein kleidertechnischer Banause«, stellte Lucilla fest. »Es gilt, alle Umstände zu erfassen und zu seinem Vorteil zu nutzen. Wir haben Wasser und die Sonne, die sich darin spiegelt. Wir haben meine Augenfarbe und die Farbe meiner Haare und Haarspangen. Zusammen mit dem Shirt gibt das ein Gesamtwerk.«

Wow, da sollte noch mal jemand sagen, höhere Mathematik sei schwer. Lucillas Kleiderwahl war eine Gleichung mit so vielen Unbekannten, dass das Alphabet als Platzhalter wohl nicht ausreichen würde. Vielleicht sollte ich Felix mal so eine Aufgabe stellen.

»Also, womit verbringst du so deine Zeit?«, wollte Lucilla wissen.

»Ich habe viel zu tun«, erklärte ich und überlegte kurz, ob ich ihr von Felix erzählen sollte. Lieber nicht. Wenn Lucilla hörte, auf welcher Schule er ist, würde sie ganz aus dem Häuschen sein und ihn kennenlernen wollen, weil sie ja so ein Faible für Glamour und die Welt der Reichen hat. Und ich werde mir ewige Vorträge und Verhaltensmaßregelungen von ihr anhören müssen, wie man sich benimmt, wenn man mit reichen Leuten unterwegs ist.

»Aha«, sagte Lucilla gedehnt. »Du hast jemanden getroffen …«

»Ach Blödsinn«, rief ich sofort und wurde rot. »Ich habe einfach viel zu tun. Ich gebe dreimal die Woche Nachhilfe, da tue ich was Sinnvolles und na ja, du kennst ja meine Familie. Die hält einen auch ganz schön auf Trab. Ich kann mich also nicht über Langeweile beklagen.«

»Hm.« Lucilla wirkte ein wenig enttäuscht. »Du willst allen Ernstes behaupten, du bist immer noch auf dem Kein-Freund-Trip?«

»Genau.«

»Hm.«

»Und bevor du weiter nachfragst, ich bin immer noch glücklich und zufrieden damit.«

»Hm.«

Inzwischen waren wir bei dem Laden angekommen. Während Lucilla nach dem perfekten T-Shirt für einen Sonnentag auf dem See suchte, erzählte ich von der Schülernachhilfe.

»Also wirklich, so wie du schwärmst, könnte man wirklich vermuten, dass da ein Junge dahintersteckt«, schüttelte Lucilla den Kopf. Sie hatte inzwischen zwei T-Shirts in die engere Wahl gezogen.

»O bitte, Lucilla, nicht alles dreht sich um Jungs!«, stöhnte ich auf. »Etwas Gutes tun hat erstaunlicherweise auch eine sehr zufriedenstellende Wirkung.«

»Auf dich vielleicht!«

»Du solltest das wirklich auch mal probieren.«

»In was sollte ich Unterricht geben?« Lucilla stutzte und überlegte. »Ich könnte den Kindern was über die neusten Hollywoodgerüchte und trendigsten Outfits beibringen. Oder wie man sich einem Jungen gegenüber verhält. Wie man die große Liebe findet und was man dann alles dafür tun sollte …« Sie schien ernsthaft darüber nachzudenken.

»Nein, du hast recht, das ist nicht für jeden etwas. Du hättest wahrscheinlich wirklich nicht die Zeit dafür«, ruderte ich schnell zurück. Man sollte Kinder in diesem Alter noch vor so etwas bewahren. Nicht auszudenken, wenn nach dem Kurs dann alle als kleine Lucillas rumliefen. Ich meine, Lucilla ist meine beste

Freundin und ich hänge wirklich sehr an ihr, aber das Original reicht.

»Stimmt, ich habe keine Zeit«, meinte sie und widmete sich wieder den beiden T-Shirts, die es in die letzte Runde geschafft hatten. Sie entschied sich für das, das die Sonne in ihren Augen reflektieren sollte, und ging damit zur Kasse.

»Was eigentlich, wenn es heute Mittag bewölkt ist?«, wollte ich wissen.

Lucilla blieb so abrupt stehen, dass ich auf sie auflief.

»O mein Gott, du hast recht!«, rief sie aus. »Wie konnte ich das nur außer Acht lassen!« Sie drehte sich um, lief mich dabei fast über den Haufen, dass ich mich nur durch einen beherzten Sprung in einen Strickpullistapel retten konnte, und das ganze Wahlverfahren begann von vorne.

Ich bin aber auch ein Hammel!

Montag, 11. August

Felix ist unmöglich! Ehrlich! Was bildet der sich überhaupt ein! Dabei fing alles echt gut an. Nach der Schülernachhilfe ging ich mit ihm Richtung Kino. Felix meinte, in einem Kino könne nicht so viel passieren.

»Nach deinem Auftritt auf dem Minigolfplatz ist mir klar geworden, dass ich mein Reaktionsvermögen erst noch etwas trainieren muss, wenn ich mit dir was unternehmen will«, erklärte er grinsend.

»Du warst noch nie mit mir im Kino«, entgegnete ich und grinste ebenfalls. »Du hast ja keine Ahnung, was man alles mit einer Cola und einer Tüte Popcorn anstellen kann!«

Felix schüttelte lachend den Kopf. »Ich kann's kaum erwarten!«

Ich sah ihn an und musste zugeben, Felix gefiel mir immer besser. Er war der perfekte Freund. Also nicht ein Freund-Freund, sondern ein *bester* Freund, wie man eben auch eine beste Freundin hat.

Plötzlich kamen uns Lucilla und Valentin entgegen. Sie hatten uns noch nicht entdeckt, das lag daran, dass sie nur Augen füreinander hatten, was ich zum ersten Mal richtig gut fand. Ich zerrte Felix blitzschnell in den nächstbesten Laden. In meiner Panik hätte ich fast einen Ständer umgerissen, er schwankte bedenklich, aber bevor er zu Boden fallen konnte, hatte Felix ihn festgehalten und wieder stabilisiert.

»Sorry«, sagte ich. »Und danke auch. Du machst dich ganz gut als Chaosverhinderer.«

»Danke. Find ich auch.« Er sah sich um. »Gesunde Ernährung scheint dir ja sehr wichtig zu sein.«

»Wie kommst du denn darauf?«

Er deutete mit einer Handbewegung durch das Geschäft. Wir waren in einem von diesen Öko-Bioläden. »So wie du hier hereingestürmt bist …«

»Oh, hm. Ja, ist es auch. Meine Mutter besteht darauf, dass wir ausschließlich Biolebensmittel zu uns nehmen. Und das war mir gerade eben eingefallen und ich dachte, ich frage mal, ob die Biocola und Biopopcorn haben.«

Felix grinste. »Völlig unglaubwürdig. Wieso sind wir wirklich hier?«

Ich sah Felix an und seufzte. Er gab sich nicht mit oberflächlichen Erklärungen zufrieden. Vor allem wenn sie nicht stimmten. Nur war mir das Konzept Sag-einfach-die-Wahrheit noch nicht so geläufig. Ich war eher darauf trainiert, blitzschnell Ausreden zu finden, um die Wahrheit zu umgehen. Sollte ich das jetzt aufgeben?

Felix lächelte mich an. »Also, was ist los?«

Ich zögerte kurz, dann sagte ich einfach, wie es war: »Fast wären wir Lucilla begegnet.«

»Lucilla, deiner besten Freundin?«

»Genau der.«

»Und was wäre so schlimm daran gewesen?«

»Na, hör mal, ich will auf keinen Fall, dass sie mich mit dir sieht!«

Felix trat verblüfft einen Schritt zurück und sah mich sehr erstaunt an. »Was soll das denn heißen?«

»Nichts. Ich will bloß nicht ... also, ich denke, es ist ungünstig, wenn man mich mit dir ...« Ich stoppte mitten im Satz. Egal wie ich es formulieren würde, es klang nicht gut.

»Heißt das, es ist dir unangenehm, mit mir gesehen zu werden?«

»Waaas?«, rief ich und riss vor Schreck die Augen weit auf, weil er absolut recht hatte. »Nein!«

»Sondern?«

»Es … ist mir unangenehm, mit Lucilla gesehen zu werden!«

Felix schüttelte den Kopf. »Klingt nicht sehr überzeugend. Probier's noch mal.«

Jetzt hatte ich echt ein Problem. Ich wollte Felix nicht sagen, dass es mir unangenehm war, mit einem von diesen Bonzensprösslingen gesehen zu werden, einem Privatschulenschüler. Lucilla würde daraus ein großes Thema machen, weil sie es bestimmt toll fand, und die anderen würden sich über mich lustig machen. Aber das wollte ich Felix nun wirklich nicht sagen.

»Du kennst Lucilla nicht«, seufzte ich. »Glaub mir, ich hab meine Gründe, sie zu meiden.«

»Du meidest deine beste Freundin?«

»Nur wenn ich mit dir unterwegs bin.«

»Also liegt es doch an mir.«

»Nein. Ich tue das zu deinem Schutz.«

Felix sah mich kritisch von der Seite an und meinte: »Ich lass das jetzt einfach mal so stehen. Du scheinst nicht darüber reden zu wollen.«

»Ich rede doch darüber.«

»Nein, du redest drum herum.«

Jetzt war ich aber sauer! »Sag mal, was wird denn das hier? Ein Verhör?!«

»Das ist kein Verhör. Ich hab dich was gefragt und du gibst mir keine Antwort.«

»Wie bitte? Ich rede doch die ganze Zeit. Wenn du genau hinguckst, siehst du, wie sich meine Lippen bewegen, und wenn du genau hinhörst, stellst du fest, dass ich dir sehr wohl antworte!«, rief ich empört.

Felix blieb ganz ruhig. »Ja, du redest. Aber du sagst nicht die Wahrheit.«

»Spielst du jetzt den Lügendetektor?«, fauchte ich.

Felix sah mich immer noch ganz ruhig an, dann fragte er: »Wo ist dein Problem?«

Seine Reaktion fand ich völlig unpassend. Wie kann man so ruhig bleiben! Das regte mich noch mehr auf.

»Im Moment bist du mein Problem. Aber dagegen kann ich was tun!«, schimpfte ich, drehte mich um, ließ ihn stehen und ging nach Hause.

Leute, die mich durchschauen, kann ich gar nicht leiden. Wo bleibt denn da meine Privatsphäre!

Dienstag, 12. August, frühmorgens

Kaum zu glauben, aber diese Onkel-Tante-Schmoll-Situation ließ sich echt noch steigern.

Da die beiden selbstverständlich nicht bereit waren, in ein und demselben Zimmer zu schlafen, nächtigte Onkel Heinz in seinem Wohnmobil, kam aber vor Tagesanbruch immer zu uns ins Haus, um sich nützlich zu machen. Dann begann er, Dinge zu reparieren. Das wiederum machte Oskar nervös, aber er sagte nichts.

Da Onkel Heinz und Tante Hedwig nichts miteinander zu tun haben wollten, wurde unser Haus aufgeteilt in einen Onkel- und einen Tantensektor. Das Absurde dabei war, dass sie dennoch sehr interessiert daran waren, was der jeweils andere tat. Ständig mussten wir ihnen Informationen geben und im feindlichen Sektor herumschnüffeln. Das wäre ein gutes Schulexperiment gewesen, um den Kalten Krieg zu veranschaulichen.

Es war irgendwie total durchgeknallt. Wir mussten nun endlich radikal etwas dagegen unternehmen. Deshalb trafen wir uns heimlich im Arbeitszimmer meiner Mutter, um Kriegsrat zu halten. Natürlich im Flüsterton, denn das Zimmer lag im Tante-Hedwig-Gebiet und der entging kaum etwas. Das Ganze nahm immer groteskere Züge an. Ich kam mir vor wie ein Widerstandskämpfer in geheimer Mission im Feindesland. Lucilla hätte sicherlich den romantischen Aspekt der Aktion herausstellen können.

»Also«, fing Oskar an, »hat jemand etwas in Erfahrung bringen können? Wann sie vorhaben, wieder abzureisen?«

»Nein. Aber Onkel Heinz nimmt seine Magentropfen nicht«, berichtete Flippi. »Und außerdem hat er jede Menge Reiseprospekte und so kleine komische Ohrstöpsel dabei.«

»Woher weißt du das denn?«, wollte meine Mutter wissen.

Flippi zuckte die Schultern. »Man hat so seine Quellen.«

»Du hast seine Sachen durchwühlt«, stellte meine Mutter empört fest.

»Tante Hedwig wollte es.«

»Sie wollte, dass du seine Sachen durchwühlst?!«

»Na ja, nicht direkt, aber ich sollte nachsehen, ob er seine Magentropfen dabeihat, wie viel drin ist und ob es weniger wird. Und das geht ja wohl nur, wenn ich nach ihnen suche, oder?«

Meine Mutter atmete tief durch. »In Zukunft wirst du solche Aufträge ablehnen.«

»Aber das erklärst du dann Tante Hedwig«, schmollte Flippi.

»Okay, was noch?«, wollte Oskar wissen.

»Für Onkel Heinz musste ich rauskriegen, ob Tante Hedwig auch ihre Kreislauftabletten nimmt.«

»Du bist ja der reinste Doppelagent«, wunderte sich Oskar.

Flippi zuckte die Schultern. »Ich bin nur nett.«

Ach was? Seit wann denn das? »Du lässt dich dafür bezahlen!«

Flippis strenger Blick in meine Richtung gab mir recht.

»Flippi, stimmt das?«, wollte meine Mutter wissen.

Flippi machte eine vage Geste. »Wir müssen Informationen sammeln, richtig? Und zwar unauffällig. Und wie könnte ich das Vertrauen einer Person besser bekommen, als dadurch, dass ich für sie arbeite?«

Das klang erstaunlich logisch. Meiner Mutter war anzusehen, dass sie verzweifelt versuchte, Flippis Gedankenkette nicht zu folgen.

Flippi bekam Oberwasser. »Und außerdem ist es doch für einen guten Zweck«, setzte sie noch nach. »Wir wollen doch nicht, dass die beiden auf ewig hier bei uns bleiben, oder?«

Meine Mutter gab auf.

»Okay, also welche Möglichkeiten haben wir?«, versuchte Oskar, wieder die Kurve zu bekommen.

»Wir könnten uns von Onkel Heinz den Schlüssel organisieren und mit dem Wohnmobil abhauen.« Das war Flippis Vorschlag. »Ich weiß zufällig, wo er ist.«

Daran hatte niemand gezweifelt.

Oskar sah sie vorwurfsvoll an.

»Das hat was …«, murmelte meine Mutter.

Jetzt sah Oskar meine Mutter vorwurfsvoll an.

»Also, ich hab einen wasserdichten Plan«, sagte Flippi nun sehr ernst. »Zur Ausführung dieses Plans brauche ich einen Erwachsenen.« Sie machte eine bedeutungsvolle Pause und sah dann zwischen Oskar und meiner Mutter hin und her. »Wer von euch beiden leidet mehr unter der Situation?«

»Ich«, rief meine Mutter auf der Stelle.

»Gut«, nickte Flippi, »dann bist du mein Mann, ähm, meine Frau. Wir müssen reden.« Sie zog meine Mutter zur Seite.

»Ich will wissen, was du vorhast!«, rief Oskar.

»Nein, willst du nicht«, widersprach Flippi und schob meine Mutter sicherheitshalber aus dem Zimmer.

Ich lief hinter den beiden her.

»Hey, was soll das?«, fragte Flippi.

»Ich bin auf eurer Seite, ich helfe mit!«

»Dann ist es unwirtschaftlich, dass wir das Zimmer verlassen. Wir hätten Oskar einfach rausschicken können.«

Und der kam in dem Moment gerade heraus. »Ich will es auch wissen!« Oskar klang leicht verzweifelt.

Flippi scheuchte uns daraufhin wieder rein, sah Oskar in die Augen und sagte: »Du bleibst draußen!« Sie schloss die Tür vor seiner Nase und drehte sich dann zu uns um. »Ich gebe es ungern zu, aber Lucilla hat mich auf die Lösung gebracht.«

»O mein Gott!«, rief ich. »Müssen wir ein romantisches Candle-Light-Dinner für die zwei ausrichten?«

»Blödsinn. Wir klauen das Wohnmobil.«

»Was?«, quietschte meine Mutter.

»Ja, und das ist deine Aufgabe. Ich hab's schon versucht, aber ich kann das Ding nicht starten.«

»Wieso um Gottes willen sollten wir so etwas tun?!«, fragte meine Mutter fassungslos.

Flippi lächelte. »Lucilla hat mich drauf gebracht: Unglück! Unglück führt Leute zusammen!«

»Flippi, ich hab noch nie in meinem ganzen Leben etwas geklaut, da fang ich doch jetzt nicht gleich mit Wohnmobilen an!«

Ich hatte inzwischen nachgedacht und fand Flippis Vorschlag gar nicht so übel. Ich versuchte, meine Mutter zu beruhigen. »Mam, es ist ja nicht Klauen im eigentlichen Sinn, es ist doch mehr so, dass du das Wohnmobil nur woanders parkst. Stimmt's, Flippi?«

Flippi nickte. »Genau. Heinz muss nur das Gefühl haben, es sei geklaut worden.«

»Und dann?«, fragte meine Mutter.

Flippi seufzte. »Ach, ich muss doch jetzt nicht alles erklären. Park das Ding woanders, den Rest übernehme ich.« Sie hielt meiner Mutter den Schlüssel hin.

Meine Mutter schluckte.

»Oder willst du, dass die beiden weiterhin hier bei uns leben?«, half Flippi der Entscheidungsfreude meiner Mutter auf die Sprünge.

Meine Mutter griff nach dem Schlüssel und verließ das Haus.

»Kann ich auch was tun?«, fragte ich Flippi.

»Allerdings!«, meinte sie. »Du wartest, bis Tante Hedwig ihr Zimmer verlässt, und dann gehst du rein und packst ihren Koffer.«

»Im Ernst?«

Flippi nickte grimmig. Und ich gehorchte wortlos. Flippi schien zu wissen, was sie tat. Na ja, genau genommen, was meine Mutter und ich tun sollten. Sie selbst tat – nichts.

Dienstag, 12. August, nachmittags

Während sich meine Mutter als Autodieb betätigte und nachdem ich Tante Hedwigs Koffer gepackt und in meinem Zimmer versteckt hatte, machte ich mich auf den Weg, um mich mit Felix zum Eisessen zu treffen. Ich hatte ihn angerufen und mich entschuldigt, weil ich gestern so blöd reagiert hatte. Daraufhin hat er sich bei mir entschuldigt, dass er auf eine Antwort gedrängt hatte. Hey, das war echt neu für mich, dass man sich gegenseitig entschuldigt! Normalerweise versucht immer jeder dem anderen die Schuld in die Schuhe zu schieben.

»Und was hast du daraus gelernt?«, hatte ich am Telefon gefragt.

Er lachte. »Wenn du schwindelst, sollte ich so tun, als würde ich es dir abkaufen.«

Ich schwieg gekränkt.

»Jojo?«

»Ja!«

»Sorry, das war schon wieder daneben.«

Ich seufzte. »Irgendwie schon. Aber ich finde diesen Vorsatz von dir gut. Bleib dabei.«

Felix lachte wieder. »Aber das ist kein Freibrief!«

»Ich werde es nicht ausnutzen. Nur im Notfall werde ich dich anschwindeln.«

»Zu meinem eigenen Schutz, was?«

»Ja.«

Er hörte auf zu lachen, sagte erst mal nichts, dann meinte er zögernd: »Jojo, jetzt mal wirklich ganz im

Ernst. Bevor du mich anlügst, sag lieber gar nichts. Irgendwie beleidigt es meine Intelligenz, wenn du annimmst, ich sei so naiv, solche Ausreden und Schwindeleien zu glauben.«

Jetzt schwieg ich erst mal eine Zeit lang.

»Jojo? Bist du noch dran?«

»Ja.«

»Gut. Hör mal, so ein Gespräch sollte man nicht über Telefon führen. Was hältst du davon, wenn wir uns treffen? Zum Eisessen.«

»So ein Gespräch sollte man überhaupt nicht führen. Und Eis essen find ich prima. Wann?«

»Zwei Uhr, heute Nachmittag?«

»Super. Äh, Felix …?«

»Ja?«

»Ich freu mich drauf.«

»Und jetzt machst du keinen Gebrauch von deinem Schwindelfreibrief?«

»Nein.«

»Gut. Ich freu mich auch auf dich!«

»Moment, ich hab nur gesagt, ich freu mich drauf. Und damit hab ich das Eisessen gemeint.«

»Ja, klar«, lachte Felix.

Um halb zwei rief mich Felix an, um mich an unsere Verabredung zu erinnern. »Du musst in einer Viertelstunde los«, teilte er mir mit.

»Bist du so was wie der telefonische Weckdienst?«

»Verabredungserinnerungsservice«, korrigierte er mich.

»Wie kommst du auf die Idee, dass ich so was brauche?«

»Die Tatsache, dass du meistens zu spät und abgehetzt zu Verabredungen kommst, hat mir einen Hinweis gegeben.«

Da es kein bisschen spöttisch oder vorwurfsvoll klang, sondern im Gegenteil nett und gut gelaunt, freute ich mich. »Super Service! Kann man dich buchen?«

»Nein, das ist eine freiwillige Sonderleistung für Leute, die chaotisch veranlagt sind, mit denen ich aber dennoch Zeit verbringen will.«

Ich schluckte und wurde rot. Gut, dass wir bloß telefonierten! Wenn ich mit Felix zusammen war, gab es immer wieder diese Momente, die mich nervös machten.

»Jojo? Alles klar?«

»Ja, wieso?«

»Weil du nichts gesagt hast. Was hat dir die Sprache verschlagen? Dass ich dich chaotisch genannt habe oder dass ich Zeit mit dir verbringen will?«

Nun war ich noch sprachloser. Seine Art, Dinge sehr direkt anzusprechen und den Nagel auf den Kopf zu treffen, irritierte mich.

»Ähm, ich glaube, es war die Kombination der beiden Dinge«, sagte ich und bereute gleich, dass ich so ehrlich darauf geantwortet hatte. Deshalb setzte ich noch schnell hinterher: »Außerdem veranstaltet meine kleine Schwester hier gerade eine Art nachgestellten Bankraub mit maskierten Schnecken. Sieht aus wie eine Generalprobe. Ich werde meine Mutter bitten, mal ein ernstes Wort mit ihrer jüngeren Tochter zu reden. Das hat mich abgelenkt.«

»Verstehe. Deine Mutter sollte mal die Karrierepläne deiner Schwester überprüfen. Wobei es grundsätzlich gut ist, wenn man weiß, was man später mal werden will.«

»Also, alles, was ich jetzt will, ist: so schnell wie möglich aus dem Haus. Eine der Schnecken sieht mich schon die ganze Zeit so nachdenklich an. Vielleicht überlegt sie, ob sie mich gleich als Geisel nehmen soll.«

Felix lachte. »Also bis gleich!«

Ich machte mich auf den Weg und kam völlig entspannt und gut gelaunt im Eiscafé an. Es war wirklich beeindruckend. So kann es sich anfühlen, wenn man nicht in Stress und Chaos lebt.

Felix war schon da und stand auf, als ich eintraf. »Und?«, grinste er.

»Super. Dein Timing war klasse: Ich musste nicht rennen und bin trotzdem pünktlich. Ein ganz neues Gefühl. Könnt ich mich dran gewöhnen.«

»Na bitte. Wenn du willst, übernehme ich das ab jetzt für dich.«

»Du rufst mich täglich an und planst meinen Tag?«

»Ja. Ich wäre sozusagen dein lebender Terminkalender. Mit Sonderleistungen«, grinste er.

Bei den Sonderleistungen schluckte ich und fragte: »Was ist damit gemeint?«

»Sonderleistungen?«

Ich nickte und wurde unruhig.

»Na, Eis essen gehen, Minigolf spielen, ach nee, das lassen wir lieber in der nächsten Zeit. Wie sieht's mit Bowling aus? Auch schon Unfälle gehabt?«

Ich nickte. »Das können wir vergessen.«

»Uns fällt schon noch was als Ersatz ein«, sagte er, grinste wieder ein bisschen und wechselte dann Gott sei Dank von selbst das Thema. »Was gibt es Neues von eurer Front?«

»Front?«

»Onkel-Tante-Front.«

»Flippi holt gerade zum ultimativen Gegenschlag aus. Weiß nicht genau, was sie vorhat, aber erst mal klaut sie ein Wohnmobil.« Ich beobachtete Felix aufmerksam, er schien nicht völlig geschockt, sondern nahm es gelassen hin. Hm. »Ach ja, und sie hat ein einträgliches Geschäft aus Spitzeldiensten für die feindlichen Parteien gemacht.«

Felix lachte. »Deine Schwester scheint ja ziemlich gnadenlos zu sein.«

»Für sie wurde das Wort gnadenlos erfunden. Aber wer weiß, vielleicht kriegt sie die Sache mit Tante Hedwig und Onkel Heinz ja wirklich hin.«

»Bestimmt. Dein Onkel und deine Tante werden sich schon wieder vertragen.«

»Ich weiß nicht. Vielleicht wollen die beiden ja gar keine langfristige Beziehung.«

»Also manchmal müssen sich Dinge auch erst einspielen, das geht nicht unbedingt gleich von Anfang an reibungslos. Wie lange kennen die beiden sich denn?«

»Keine Ahnung, ich denke, sie sind so zwanzig, dreißig Jahre verheiratet.«

Felix lachte laut. »Und du meinst, jetzt stellen sie fest, dass sie keine *langfristige* Beziehung wollen? Du bist witzig!«

Hm. Ich war witzig? Ich wollte gar nicht witzig sein. Ich meinte das ernst. Und woher hatte er eigentlich seine Beziehungsfachkenntnisse?

»Bist du mit jemandem zusammen?«, fragte ich.

»Ich? Nein, bin ich nicht.«

»Na bitte!«, rief ich aus.

»Was?« Felix wirkte etwas verwirrt.

»Na ja, ich meine, du hast keine Freundin, aber machst etwas Sinnvolles und hast doch auch Spaß, oder? Du bist nicht auf der Suche nach jemandem, sondern genießt das Leben!«

»Äh … ja … sicher.« Felix nickte. Er schien etwas aus dem Konzept zu sein.

»Also, da haben wir es doch: Beziehungen werden völlig überschätzt.«

»Wenn du meinst …«

»Absolut!«

Felix sah mich leicht lächelnd von der Seite an. »Mit deinem letzten Freund hast du dich wohl nicht besonders gut verstanden, was?«

Ich zuckte die Schultern. »Ach, er war echt nett, aber superchaotisch.«

»Das sagst du!?«, fragte Felix erstaunt.

»Aber ja! Er ist noch viel chaotischer als ich. Es war einfach zu anstrengend.«

»Wenn er noch chaotischer ist als du, kann ich mir das gut vorstellen ...«

»Egal. Erzähl mal von dir. Was machst du so, wenn du keine Nachhilfe gibst und keine Zeitpläne für mich ausarbeitest?«

Bevor Felix antworten konnte, kam ein quietschiges »Hallo, Jojo, was machst du denn hier?«.

Ich drehte mich um. »Hallo, Lucilla!«

Lucilla begrüßte mich mit je einem Küsschen links und rechts. Dann fiel ihr Blick auf Felix und sie stutzte.

»Das ist Felix«, stellte ich vor.

»Hallo, Felix. Arbeitest du hier im Eiscafé?«

»Was?«, sagte Felix und sah Lucilla kopfschüttelnd an.

»Wieso sollte er hier arbeiten?« Da konnte ich auch nur mit dem Kopf schütteln. »Wenn er hier arbeiten würde, würde er ja wohl kaum gemütlich neben mir sitzen, oder?«

»Na, bei dir weiß man das nie so genau«, meinte Lucilla, setzte sich zu uns und wandte sich an Felix. »Woher kennst du Jojo?«

»Von der Schülernachhilfe«, sagte Felix.

»Hach!«, rief Lucilla und sah mir tief in die Augen. »Ihr habt euch abgesprochen, nicht wahr? Es gibt gar keine Schülernachhilfe!«

Wie sie jetzt zu diesem Schluss kam, war mir schleierhaft. Völlig.

Doch Lucilla gab nicht auf und fürchterlicherweise erklärte sie auch noch, was in ihrem Kopf vor sich ging. Sie drehte sich zu mir. »Ihr seid zusammen! Deshalb wolltest du also nichts von den anderen Jungs wissen! Jojo! Wie konntest du nur! Ich bin deine beste Freundin, wieso hältst du deinen neuen Freund vor mir geheim!?«

»Ich halte ihn doch gar nicht geheim! Ich sitze hier ganz öffentlich mit ihm.«

»Aha! Also er ist dein neuer Freund!«

»Ist er nicht.«

Ihr Kopf flog zu Felix herum. »Stimmt das?«

»Lucilla!«, flehte ich. Das war ja grottenpeinlich!

Felix antwortete ihr: »Jojo und ich haben uns kennengelernt, als sie vor dir und irgendeinem Typ in die Volkshochschule geflüchtet und bei der Schülernachhilfe gelandet ist.«

Ich sah Felix sehr irritiert an. Auch wenn das dreimal die Wahrheit war, so was sagt man doch nicht, oder?

»Wieso ist sie vor mir geflüchtet?«, erkundigte sich Lucilla interessiert bei Felix.

»Wegen deiner Verkupplungsversuche«, antwortete er wahrheitsgemäß.

Lucilla drehte sich zu mir. »Wieso sagst du mir denn nicht, dass ich damit aufhören soll?«

Ich machte den Mund auf, um mich zu verteidigen und zu versichern, dass ich es mehrfach gesagt hätte, aber dann klappte ich ihn mehr oder weniger sprachlos wieder zu.

»Vielleicht wollte sie dich nicht kränken?«, schlug Felix vor.

Lucilla lächelte mich an. »Das war lieb von dir. Ist aber nicht nötig. Ich bin nicht so schnell beleidigt.«

»Okay«, murmelte ich bloß, weil ich nun völlig verwirrt war.

»Und wie ging es dann weiter mit euch?«, erkundigte sich Lucilla bei Felix.

»Ich hab Jojo überredet, auch Nachhilfe zu geben. Als Dank dafür gebe ich ihr Mathenachhilfe und sie wiederum lädt mich zum Dank ins Eiscafé ein.«

»O wie romantisch!«, hauchte Lucilla und drückte beide Hände auf ihr Herz.

»Lucilla, hier ist nichts romantisch, es ist 'ne Verabredung zum Eis. Das ist alles«, meldete ich mich jetzt wieder zu Wort.

Lucilla lächelte gütig. »Na gut, wenn du das so sehen willst.« Sie zwinkerte mir zu und stand auf. »Ich will euch dann auch nicht länger stören, Valentin erwartet mich.« Sie wandte sich an Felix. »Valentin ist mein Herzallerliebster, aber du wirst ihn sicher bald kennenlernen. Wir machen demnächst mal ein Date zu viert.«

Dann beugte sie sich näher zu mir und flüsterte, leider nicht leise genug: »Er ist ja echt süß! Guter Fang, Jojo.«

Und sie ging.

Ich saß flügellahm da und sah ganz vorsichtig auf Felix.

Er lachte. »Jetzt ist mir klar, wieso du nicht wolltest, dass sie uns zusammen sieht!«

Ich sah Felix an und merkte, wie ich irgendwie dahinschmolz. Dann kam ich wieder zur Räson und sagte: »Ich bin wirklich nicht an einer Beziehung interessiert!«

Felix nickte. »Aber natürlich nicht.«

»Gut, dann sind wir uns also einig?«

»Absolut.«

Dienstag, 12. August, abends

Meine Mutter hat tatsächlich das Wohnmobil von Heinz entwendet. Sie wird ziemlich viel Tee trinken müssen, wenn ihr bewusst wird, was sie getan hat.

Als ich von meinem Treffen mit Felix zurückkam, saßen alle in der Küche. Oskar mit vor Angst geweiteten Augen, meine Mutter hatte ihren Blick zu Boden gesenkt, Tante Hedwig war die Empörung in Person und Onkel Heinz war ganz erschüttert und murmelte immer wieder: »Wer tut bloß so was!?«

Nur Flippi stand über allem und vor dem Tisch und hielt eine Ansprache. »Ich weiß gar nicht, wieso du dich so aufregst, Tante Hedwig. Der Stein des Anstoßes ist weg, du solltest doch froh sein.«

»Was soll das? Stein des Anstoßes?«, fauchte Tante Hedwig zurück.

»Nun ja, das Wohnmobil. Deshalb warst du doch

sauer auf Onkel Heinz. Jetzt ist es weg – nun ist doch alles in Ordnung!«

»Nichts ist in Ordnung! Siehst du denn nicht, wie der arme Mann leidet! Er hat sich sein Leben lang darauf gefreut: Wenn er pensioniert ist, wollte er schon immer mit mir und einem Wohnmobil durch die Gegend fahren! Und nun ist sein Lebenstraum hin!«

»Ach«, meinte Flippi listig. »Ich hatte das Gefühl, du wolltest auf keinen Fall ein Wohnmobil.«

»So ein Unsinn! Ich wollte es bloß mit ihm gemeinsam aussuchen.«

Onkel Heinz sah auf. »Wirklich, Hedwig?«

»Aber ja, Heinz.«

»Und dieser unsensible Kerl hat dir einfach diese Freude genommen!«, warf Flippi ein.

»Rede nicht so von deinem Onkel. Er wollte mich überraschen, er hatte es nur nett gemeint.«

Onkel Heinz sah Tante Hedwig dankbar lächelnd an. »Genau. Ich wollte dir eine Freude machen«, bestätigte er.

»Weiß ich doch«, schnaubte Tante Hedwig, aber schon sehr viel freundlicher und versöhnlicher.

»Und nun haben irgendwelche Banditen uns einen Strich durch die Rechnung gemacht! Wir könnten jetzt gemütlich durch die Lande fahren und unseren Ruhestand genießen«, schimpfte sie weiter.

Flippi seufzte. »Ja, wenn doch nur das Wohnmobil wieder auftauchen würde!«

Onkel Heinz nickte inbrünstig.

Flippi fuhr fort: »Was würdet ihr denn dann tun? Also, wenn es sich wieder einfinden würde?«

Wie aus der Pistole geschossen schimpfte Tante Hedwig los: »Pah, wir würden auf der Stelle abreisen. Das wird mir hier wirklich etwas zu viel mit euch!«

»Abreisen? Auf der Stelle?«

»Allerdings. Ich müsste nur noch meinen Koffer packen …«, polterte Tante Hedwig weiter.

Flippi machte eine Kopfbewegung in meine Richtung.

Ich wusste sofort, was ich zu tun hatte, sprintete hoch in mein Zimmer und schleppte Tante Hedwigs Koffer in die Küche.

Als sie ihn erkannte, empörte sie sich schon wieder. »Was soll denn das?«

Flippi ging zu Onkel Heinz und reichte ihm den Schlüssel für sein Wohnmobil. »Die Polizei hat es gefunden. Oskar fährt euch hin.« Sie gab Oskar einen Zettel. »Hier ist die Adresse, wo es steht.«

Oskar winselte leise, nickte aber.

Onkel Heinz strahlte wie ein Honigkuchenpferd, er war einfach nur glücklich, nahm den Schlüssel und Tante Hedwigs Koffer und sagte: »Komm, Liebes, lass uns fahren.«

Tante Hedwig stand auf, bremste ihre Freude jedoch und bedachte jeden Einzelnen von uns mit einem sehr misstrauischen Blick. Nur bei Oskar wurde sie etwas milder. »Ich weiß, dass du mit der Sache nichts zu tun hast, du würdest dich das nicht trauen.

Aber diese Familie, in die du da eingeheiratet hast ... tzzz!« Und damit verließ Tante Hedwig unser Haus.

Flippi ist meine neue Heldin!

Mittwoch, 13. August

»Ich will alles genau wissen! Jedes Detail!«, rief mir Lucilla am Telefon entgegen, sobald ich mich gemeldet hatte. »Und wir müssen sofort shoppen gehen. Du brauchst neue T-Shirts. Die Farben, die du jetzt trägst, passen nicht zu Felix. Er ist mehr so der klassisch-konservative Typ. Deine Farben sind zu quietschig. Das war perfekt für Tim, weil er auch so chaotisch war. Aber für Felix – nee, geht gar nicht.«

Dafür, dass sie alles genau wissen wollte, gab sie mir ziemlich wenig Gelegenheit, überhaupt etwas zu sagen.

»Also, wir treffen uns in einer halben Stunde im Einkaufscenter. Und sei bloß pünktlich, ich hab nicht so viel Zeit. Ich bin mit Valentin verabredet, aber das hab ich auf Mittag verlegt. Ich schieb dich jetzt dazwischen. Er versteht das, ist ein Notfall.«

»Notfall?«, japste ich.

»Ein modischer Notfall. Du bist wirklich falsch gekleidet für deinen neuen Freund.«

»Lucilla ...«

»Alles Weitere besprechen wir dann. Also bis gleich.«

Sie hatte aufgelegt und ich starrte den Telefonhörer in meiner Hand an. Bei diesem Telefonat hatte ich tatsächlich nur Notfall und Lucilla sagen können. Na hoffentlich würde sie mich zu Wort kommen lassen, wenn wir uns trafen! So wie sie drauf war, würde sie als Nächstes mein Brautkleid aussuchen wollen.

Im Einkaufscenter überfiel mich Lucilla gleich mit der Frage: »Wohnt er hier in der Stadt? Wieso haben wir deinen Felix bisher noch nie gesehen? Auf welche Schule geht er?«

O Mann, nicht diese Frage!

»Weiß nicht …«, murmelte ich.

»Du weißt nicht, ob er hier wohnt?«

»Doch. Also, ich nehme es mal an.«

»Schule?«

Ich zuckte die Schultern und sagte nichts. Lucilla kam ein klein wenig näher und blickte mir ziemlich fest in die Augen.

Ich wich ihrem Blick aus.

»Aha!«, rief sie. »Du weißt es, willst es aber nicht sagen!«

Ich schwieg eisern.

»O mein Gott! Er ist auf der Marie Curie!«

»Wie kommst du darauf?«

»Er trug ein Poloshirt! Und der Kragen war hochgestellt! Und khakifarbene Stoffhosen. Typische Privatschulenkleidung!«

Ich schluckte und musste zugeben, ich empfand Bewunderung für Lucilla. Ihre Beschäftigung mit

Kleidung war wohl doch nicht so oberflächlich, wie ich immer gedacht hatte. Sie hatte tatsächlich eine Wissenschaft daraus gemacht, so was wie einen kleidungstechnischen Erkennungsdienst.

»Okay, du hast recht. Aber er ist echt nett, also nicht arrogant oder so«, beteuerte ich sofort.

Aber Lucilla war schon mit ihren Gedanken woanders.

»Hm«, machte sie nach einer Weile. »Das wird nicht leicht. In diese Welt passt du ja überhaupt nicht rein. Du hast nicht die geringste Ahnung, wie man sich benimmt. Wir werden eine Menge aufholen müssen, wenn du dich in seinen Kreisen zurechtfinden willst«, seufzte sie.

Ich seufzte ebenfalls. Genau davor hatte ich Angst gehabt! Nicht vor Felix' »Kreisen«, sondern vor Lucillas Belehrungen. »Lucilla, hör mir jetzt mal zu. Und du musst sehr tapfer sein!«

Lucilla verstummte sofort und sah mich gebannt an.

Ich holte tief Luft und sagte: »Ich bin nicht mit Felix zusammen! Ehrlich nicht!«

Lucilla war fassungslos. »Im Ernst nicht?«

»Nein. Ich schwöre es!«, beteuerte ich.

Nun schaute sie böse. »Alex ist am Boden zerstört!«

»Alex? Welcher Alex?«

»Der Freund von Valentin, von dem ich dir erzählt habe! Der perfekt zu dir passt. Ich hab ihm abgesagt, als ich dich mit Felix gesehen habe. Wieso hast du denn so getan, als wärst du mit Felix zusammen?!«, rief sie vorwurfsvoll.

Ich jaulte auf. Lucilla war unbelehrbar!

Sie sah mich an. »Heißt das etwa, dass du auch keine neuen Outfits brauchst?«

Ich nickte. »Genau!«

Lucilla schüttelte tadelnd den Kopf. »Und dafür verschieb ich meine Verabredung mit Valentin!«

Um Lucilla zu versöhnen, hab ich ihr vorgeschlagen, sie solle doch ein Top für sich aussuchen, das ausdrücken würde: *Tut mir leid, dass ich unsere Verabredung verschoben habe.* Und das solle sie dann tragen, wenn sie nachher Valentin trifft.

Sie fiel mir begeistert um den Hals. »Jojo, geniale Idee! Das ist so romantisch! Willkommen im Club!«

Ich seufzte. »Was für ein Club soll denn das sein? Der Club der durchgeknallten Romantiker?«

Freitag, 15. August

Man genießt sein Zuhause tatsächlich erst, wenn man mal eine Tante-Hedwig-Invasion erlebt hat. Und in einem hatte Lucilla recht: Unglück vereint. Denn solange Tante Hedwig hier war, hatten wir uns kaum gestritten. Nach drei Tagen ohne Tante Hedwig und Onkel Heinz ging alles wieder von vorne los: Flippi war die Pest und meine Mutter nervte. Aber nach

Tante Hedwig konnte mich erst mal nichts erschüttern.

Ich war bestens gelaunt, fast schon an der Grenze zu glücklich. Mein Leben verlief ruhig, geordnet und mit einer Menge völlig chaosfreier Aktivitäten.

Das alles hatte ich Felix zu verdanken. Denn seit er sich in mein Leben eingemischt hat, ergriff das Chaos die Flucht. Im Ernst, Cola konnte ich inzwischen unfallfrei trinken. Ist 'ne reine Übungssache. Und es gibt ein paar Tricks. Felix hat sie mir beigebracht. Als ich wie üblich, ohne hinzusehen, nach meiner Cola greifen wollte, rief er: »Stopp! Jojo, sieh bitte das Glas an. Auge-Hand-Koordination, Konzentration und dann erst nach dem Glas greifen.« Und was soll ich sagen: funktioniert!

Es machte Spaß, mit Felix Zeit zu verbringen. Nun hatte ich nicht nur eine beste Freundin, sondern auch einen besten Freund. Perfekt. Damit hatte sich die Sache mit dem Freundsuchen komplett erledigt. Das musste sogar Lucilla einsehen.

Das Einzige, worauf sie immer noch besteht, ist, dass wir mal etwas zu viert unternehmen.

Sonntag 17. August

Für unseren gemeinsamen Ausflug hatte Felix einen Besuch im Museum für Wissenschaft und Technik vorgeschlagen, weil er meinte, das würde auf spielerische Art und Weise mein Verständnis für Mathematik fördern. Na, wir würden sehen! Ich wusste nicht mal, dass wir hier ein solches Museum haben, und jetzt stand ich davor.

»Hey, du bist ja schon da!«, begrüßte mich Lucilla, als sie und Valentin am Treffpunkt ankamen, wo ich bereits auf sie wartete. »Felix scheint wirklich einen guten Einfluss auf dich zu haben.«

»Ja, Felix hat mir empfohlen, eine Uhr zu tragen.« Ich sah auf meine Uhr.

»Das ist klasse!«, meinte Lucilla begeistert. »Felix ist echt genial.«

Sie stieß Valentin leicht an. »Nicht wahr, Valentin?«

Der sah Lucilla etwas irritiert an. »Was ist denn daran genial?«, meinte er. »Auf die Idee, eine Uhr zu tragen, kommen auch Schüler von öffentlichen Schulen.«

Oje, Lucilla hätte Valentin besser nichts davon erzählt! Valentin gehörte zur Mehrheit der Leute, die Privatschulenschüler ätzend fand. Und Lucilla zur Minderheit, die Privatschulenschüler großartig fand. Na toll, das konnte ja heiter werden!

»Wo ist Felix?«, fragte Lucilla.

»Er holt schon die Karten für uns. Dann müssen wir nicht alle anstehen und können gleich rein.«

»Gute Organisation«, lobte Lucilla.
Ich nickte. »Ja, dafür ist Felix bekannt.«
»Toll«, meinte Lucilla. »Er denkt einfach an alles!«
Valentin verzog das Gesicht.

Und da kam Felix auch schon. Er hatte nicht nur Karten, sondern auch noch zwei Museumsführer mitgebracht, einen davon gab er Valentin. »Hier, falls du das Museum noch nicht kennst«, meinte er.

»Wieso nimmst du an, dass ich das Museum noch nicht kenne?«, gab Valentin zurück.

»Sorry«, meinte Felix.
»Was kriegst du dafür?«
»Wofür?«
»Für die Karten und den Führer.«
»Nichts. Schenk ich dir.«
»Nein, danke, kann ich mir selbst kaufen.«
Felix war etwas verblüfft.

Lucilla schritt ein. »Danke, Felix«, sagte sie lächelnd zu ihm. Dann flüsterte sie Valentin ins Ohr: »Ist schon in Ordnung, Valentin. Der hat bestimmt genug Geld, das macht ihm nichts aus.«

»Eben!«, flüsterte Valentin zurück. »Ich lass mir nichts schenken.«

Ich atmete tief ein. Na bitte, da haben wir's! Das war genau das, wovor ich Angst gehabt hatte.

Natürlich hatte Felix das geflüsterte Gespräch zwischen Valentin und Lucilla mitbekommen. »Hör zu, ich wollte dich nicht kränken. Ich hatte mir nichts dabei gedacht ...«

»Also, wie viel?«, meinte Valentin bloß.

Felix seufzte und sagte: »Die Karten kosten nichts, unsere Familie hat freien Eintritt hier.«

»Freien Eintritt?«, rief Lucilla. »Das ist ja großartig! Habt ihr Beziehungen?«

Valentin sah schon wieder angesäuert aus. Lucilla sollte etwas zurückhaltender sein mit ihrem Enthusiasmus, Valentin schien echt eifersüchtig zu sein.

Felix zögerte mit seiner Antwort. »Na ja ... wir ... mein Vater hat einen Teil des Museums gesponsert.«

»Wow!«, machte Lucilla beeindruckt. Sie stieß Valentin an. »Ist doch irre, nicht wahr? Sag doch auch mal was!«

»Was kostet der Führer?«, fragte Valentin.

»Drei Euro fünfzig.«

Man konnte Valentin ansehen, dass es ihm zu viel war, aber er holte das Geld aus seiner Tasche, zählte ab und gab es Felix.

Felix nahm es ungern. Er sagte: »Danke. Dafür lad ich euch nachher noch auf ein Gingerale ein, okay?«

Lucilla quiekte: »Gingerale – wie cool!«

Valentin schwieg. Je begeisterter Lucilla von Felix war, desto weniger konnte er ihn leiden. Na, das fing ja gut an!

»Dann lasst uns jetzt mal losgehen«, rief ich fröhlich. »Auf in den Tempel der Wissenschaft und Technik!«

Lucilla lächelte Felix an und fragte: »Wo sollen wir denn zuerst hingehen?«

Felix bekam den Blick mit, den Valentin Lucilla zuwarf, und sagte daher sehr diplomatisch: »Valentin soll entscheiden.« Das war sehr einfühlsam von ihm.

Valentin blätterte im Führer und sagte betont liebevoll zu Lucilla: »Ich weiß, wo wir beide hingehen: in den Raum der Sterne. Das ist total romantisch, du wirst es lieben. Es ist dunkel und an der Decke haben sie die Sternbilder der Milchstraße nachgebildet. Sie leuchten wie in einer klaren Nacht.«

Ich sah Felix an und rief: »Ist doch eine tolle Idee von Valentin! Er hat immer großartige Ideen!« Eigentlich sagte ich das nur, damit Valentin sich besser fühlt und mal gelobt wird.

Aber bei Felix kam das irgendwie falsch an. Er straffte sich etwas und meinte: »Interessant ist auch der Windgenerator. Es führt nämlich kein Weg mehr an der alternativen Energie vorbei.«

»Das ist auch eine gute Idee«, rief ich sofort und wandte mich an Valentin. »Nicht wahr, Valentin?!« Es musste mir doch gelingen, die beiden irgendwie auf einen Nenner zu bringen.

Valentin sah Felix an und meinte: »Mir ging's eigentlich nur darum, dass so ein Sternenhimmel romantisch ist.« Dann warf er Lucilla einen bedeutungsvollen Blick zu.

»Ist er nicht wunderbar?«, kicherte Lucilla in meine Richtung.

Ich nickte. »Ja total! Er ist echt romantisch.«

Felix schien dadurch angespornt und sagte zu mir: »Wir könnten in den Raum gehen, wo sie die Sternbilder der südlichen Hemisphäre zeigen, jenseits des

Äquators. Die sieht man hier bei uns nämlich normalerweise nicht. Das ist noch interessanter. Und auch romantisch.«

Das war das Stichwort für Valentin. Er zog ein Päckchen aus der Tasche und überreichte es Lucilla.

Lucilla packte es neugierig aus. Es war ein kleines Herz aus Schokolade.

Lucilla war oberentzückt, wie immer, wenn Valentin ihr ein Geschenk überreichte. Eigentlich war es egal, was Valentin ihr gab, sie hätte auch bei einem Kieselstein begeistert aufgequiekt.

Sie hielt mir das Herz hin. »Ist das nicht sooo süß von ihm? Immer schenkt er mir was!«

»Ja, absolut. Total süß«, nickte ich begeistert und wurde langsam müde, immer von allem begeistert zu sein.

Wir gingen ins Museum.

»Kleinen Moment, bin gleich wieder da«, sagte Felix und verschwand erst mal im Museumsshop. Als er wieder rauskam, überreichte er mir ein kleines Tütchen. »Für dich.«

»Ach?«

»Pack aus«, sagte er und beobachtete mich, während ich mich mit dem Papier abquälte.

In dem Tütchen war ein Schlüsselanhänger mit einem merkwürdigen Gebilde dran. Ich sah Felix fragend an.

»Es ist ein Windgenerator.«

»Toll. So was hab ich noch nicht«, meinte ich.

Felix und Lucilla sahen mich abwartend an.

Lucilla schubste mich leicht an. »Ist das nicht romantisch?

»Ähm, ja, total.«

Valentin nahm Lucilla in den Arm und sagte zu ihr: »Wenn wir hier fertig sind, gehen wir noch in den Shop und du suchst dir was aus.«

»Wie süß von dir!«, hauchte Lucilla.

Valentins Blick wanderte triumphierend zu Felix.

Ich atmete tief ein. Ich stand hier zwischen zwei Pfauen, die versuchten, sich gegenseitig mit Radschlagen zu übertrumpfen. Das würde ich auf Dauer nicht durchstehen. Deshalb schlug ich vor: »Sagt mal, was haltet ihr davon, wenn wir uns in einer Stunde oder so hier im Museumscafé treffen und uns erzählen, was wir so alles gesehen haben?«

Das Vierertreffen verlief nicht so harmonisch, wie ich gehofft hatte, im Gegenteil, bisher war es ein Desaster.

Valentin nahm Lucilla noch fester in den Arm, küsste sie und meinte, während er noch immer verliebt in ihre Augen sah: »Außer den Sternen werden wir beide wohl nicht viel sehen.«

Bevor Felix darauf reagieren konnte, hob ich meinen Schlüsselanhänger in die Höhe und sagte: »Ich würde dieses Teil ja wahnsinnig gerne mal im Original sehen.«

»Es gibt hier nur ein Modell davon. Das Original wäre etwas zu groß.«

»Das ist auch in Ordnung für mich«, nickte ich.

Felix warf Valentin noch kurz einen Blick zu, dann

legte er den Arm um meine Schultern und wir gingen los.

Das mit dem Arm um die Schultern hätte es eigentlich nicht gebraucht. Es war auch neu, das hatte Felix bisher noch nicht gemacht. Es fühlte sich nicht unangenehm an oder so. Ich war nur nicht sicher, ob gute Freunde so etwas tun.

Ich denke mal, das war auch eher für Valentin gedacht. Also, nicht dass er eigentlich Valentin den Arm um die Schultern legen wollte, aber er wollte ihn beeindrucken.

Oder doch mich?

Jedenfalls verhielt Felix sich merkwürdig, seit Valentin und Lucilla dabei waren. Vielleicht weil die beiden ein so perfektes Paar waren? Und er wollte klarstellen, dass er und ich auch prima zusammenpassten? Also nicht als Paar, das hatten wir ja schon geklärt, sondern als Freunde. Ich sollte besser mit ihm darüber reden, dann würde ich mir weitere merkwürdige Schlüsselanhänger ersparen.

Apropos, wir waren bei meinem Schlüsselanhänger angekommen. Also bei dem Modell.

Ohne den Arm von meinen Schultern zu nehmen, erklärte Felix: »Hier siehst du einen Querschnitt und wenn du dir nun vorstellst …«

»Felix?«, unterbrach ich ihn. Ich wollte ihm jetzt lieber einmal sagen, dass er ganz entspannt sein und sich von Valentin und Lucilla nicht irritieren lassen solle. Dass ich ihn, ohne dafür Valentin übertrumpfen zu müssen, toll fände. »Hör mal, Felix«, begann ich.

Er stoppte seinen Vortrag sofort und sah mich aufmerksam an.

»Ich finde dich echt klasse …«, fuhr ich fort.

Felix' Augen leuchteten und er lächelte mich superlieb an.

Ich lächelte zurück und sah ihm ebenfalls in die Augen. »… und ich finde, wir beide passen ebenso perfekt zusammen wie Lucilla und Valentin …«

Er unterbrach mich, sagte: »Nein, wir beide passen noch besser zusammen!«, und dann küsste er mich.

Teufel auch, so war das nicht gemeint! Obwohl – es fühlte sich gut an. Ja, wirklich.

Doch, stopp, nicht dass er das jetzt falsch versteht! Das sollte ich besser mal klären …

Ich schob ihn ganz sanft etwas zurück und sagte: »Also hör mal, du weißt doch, ich will wirklich …«

»… keine Beziehung, ich weiß«, ergänzte Felix meinen Satz und küsste mich schon wieder.

Über diese Nichtbeziehung würde ich einfach ein anderes Mal mit ihm reden. Jetzt war ich zu sehr mit Küssen beschäftigt.

Von Hortense Ullrich ebenfalls erschienen:

Hexen küsst man nicht (1)
Never Kiss a Witch
Liebeskummer lohnt sich (2)
Doppelt geküsst hält besser (3)
Liebe macht blond (4)
Love is Blonde
Wer zuletzt küsst ... (5)
Und wer liebt mich? (6)
And who loves me?
Ein Kuss kommt selten allein (7)
Unverhofft liebt oft (8)
Ehrlich küsst am längsten (9)
Andere Länder, andere Küsse (10)
Kein Tanz, kein Kuss (11)
Liebe auf den ersten Kuss (12)
Kuss oder Schluss (13)
Ohne Chaos keine Küsse (14)
Chaosküsse mit Croissant (15)
Verküsst noch mal (16)

Ullrich, Hortense:
Neuer Kuss, neues Glück
ISBN 978 3 522 50229 0

Reihen- und Umschlaggestaltung: Birgit Schössow
Schrift: New Baskerville
Satz: KCS GmbH, Buchholz/Hamburg
Reproduktion: Medienfabrik, Stuttgart
Druck und Bindung: Friedrich Pustet, Regensburg
© 2011 by Planet Girl Verlag
(Thienemann Verlag GmbH), Stuttgart/Wien
Printed in Germany. Alle Rechte vorbehalten.
6 5 4 3 2°   11 12 13 14 15

www.planet-girl-verlag.de

Freche Mädchen – freche Bücher!

Hortense Ullrich

1 – Hexen küsst man nicht
176 Seiten · ISBN 978 3 522 50117 0

2 – Liebeskummer lohnt sich
192 Seiten · ISBN 978 3 522 50039 5

3 – Doppelt geküsst hält besser
176 Seiten · ISBN 978 3 522 50041 8

4 – Liebe macht blond
192 Seiten · ISBN 978 3 522 50052 4

5 – Wer zuletzt küsst ...
176 Seiten · ISBN 978 3 522 50053 1

6 – ... und wer liebt mich?
208 Seiten · ISBN 978 3 522 50024 1

7 – Ein Kuss kommt selten allein
176 Seiten · ISBN 978 3 522 50105 7

8 – Unverhofft liebt oft
160 Seiten · ISBN 978 3 522 50047 0

9 – Ehrlich küsst am längsten
176 Seiten · ISBN 978 3 522 50025 8

10 – Andere Länder – andere Küsse
160 Seiten · ISBN 978 3 522 50059 3

11 – Kein Tanz, kein Kuss
176 Seiten · ISBN 978 3 522 50042 5

12 – Liebe auf den ersten Kuss
224 Seiten · ISBN 978 3 522 50111 8

13 – Kuss oder Schluss
208 Seiten · ISBN 978 3 522 50002 9

14 – Ohne Chaos keine Küsse
192 Seiten · ISBN 978 3 522 50069 2

15 – Chaosküsse mit Croissant
192 Seiten · ISBN 978 3 522 50070 8

16 – Verküsst noch mal!
192 Seiten · ISBN 978 3 522 50207 8

www.planet-girl-verlag.de · www.frechemaedchen.de

Hortense Ullrich
Chaos hoch drei!

**Pepper Sisters –
Barkeeper sind auch nur Männer**
160 Seiten
ISBN 978 3 522 20046 2

Sturmfreie Bude! Lou kann endlich tun und lassen, was sie will!

**Pepper Sisters –
Bei Anruf Pizzaboy**
208 Seiten
ISBN 978 3 522 50186 6

Feuer! Das Badezimmer der Pepper Sisters brennt lichterloh.

**Pepper Sisters –
Happy Hour mit DJ**
208 Seiten
ISBN 978 3 522 50228 3

Einen japanischen Geschäftsmann als Untermieter aufnehmen? Warum nicht?

www.planet-girl-verlag.de · www.frechemaedchen.de